乱《みだ》れし花《はな》陰《かげ》～僧《そう》侶《りょ》散《さん》華《げ》～

バーバラ片桐
BARBARA KATAGIRI

イラスト
奈良千春
CHIHARU NARA

JN267534

Lovers Label

CONTENTS

〔一〕

鈍《にぶ》い振動が、己《おのれ》の下肢《かし》から漏《も》れていた。

無骨《ぶこつ》な機械に下肢を掻《か》き回されることに耐《た》えかねて、樫森皐《かしもりさつき》は必死になって身体をよじろうとした。だが、まともに動けないのは腕を背後で一つにくくられているせいだ。

それどころか、ツンと突き出した乳首を縄《なわ》にむごく挟《はさ》みこまれているから、身じろぐたびにちくちくと狂《くる》おしい刺激が送りこまれてくる。

「っ……」

低くうめいた。

養父の跡《あと》を継《つ》ぎ、小さな寺の住職《じゅうしょく》として御仏《みほとけ》に仕《つか》えていた身だ。その自分が、どうしてこんなことになってしまったのだろうか。幾度となく、こんなことになったきっかけを思い起こさずにはいられない。

――もともとは、晃陽《あさひ》が……。

幼いころから寺に出入りしていた弟のような相手を、助けようとしただけだ。どうにか力になろうとしていただけのつもりだったのに、気の迷《まよ》いとするにはずっと強い、あらがいがたい誘惑《ゆうわく》に我を忘れた。そのときのつけを、こうして身体で払わされることになっている。

――全部、……私が、……弱かったせい。

自分の心の弱さを、幼いころから自覚してきた。

人と交わるのが苦手で、だからこそ修行を積み、御仏に仕えることで自信を得ようとしてきた。なのに、自分の弱さをまるで克服《こくふく》できてはいない。住職となった今でさえも。

「……っ」

だが、何かを考え続けることもできないほど、甘ったるい戦慄《せんりつ》が下肢から波のように広がっていく。

不快《ふかい》な刺激のはずなのに、背筋《せすじ》を駆《か》け上がっていく戦慄に声が漏れそうだった。

あり得ない場所に埋《う》めこまれた性的な器具の刺激を断ち切るために、皐はどうにか意識を別のところに押しやろうとする。

あとどれだけ、この狂おしい時間が続くのだろうか。

寺を継ぐために僧侶《そうりょ》になることは、皐にとっては家業を継ぐのと同じだった。

ちょうど寺の庭にサツキの花が咲き乱れていた旧暦《きゅうれき》の五月ごろに、皐は寺の正門前に捨てられていたのだという。

子供を養子にするには、厳しい資格審査が必要だと聞いた。独身だった養父が、どうやってその審査をクリアしたのかわからない。だが、皐は寺に引き取られ、檀家《だんか》の家に数年おきに預けられて育てられた。

皐の内向的な性格は、幼いころのこの経験によるのかもしれない。

　可愛がられてはいたと思うが、ずっと他人の中で育ってきた所在なさがつきまとっている。特に幼いころに可愛がってくれた檀家のおばあちゃんが亡くなってからは、余計に孤独が身に染みるようになった。養父とも心から馴染《なじ》むことができず、自分が寺に居させてもらうためには、みようみまねでお経《きょう》を唱《とな》えたり、雑務に走り回ることしかできなかった。

　だが、養父には、一度も僧侶になることを勧《すす》められたことはない。

　それでも態度から何となく伝わってくることがある。寺を支えている檀家からも、将来、寺を継いで欲しいと言われていれば、その意識も刷《す》りこまれる。

　寺は檀家に経済的に支えられており、彼らなしでは立ちゆかなかった。

　日本では僧侶の妻帯《さいたい》が認められており、寺は世襲《せしゅう》によって受け継がれているケースも多い。檀家の数が減りつつある今、寺を廃寺《はいじ》にしないためには、世襲による後継者《こうけいしゃ》が何より必要とされていた。事実、進学した仏教《ぶっきょう》系大学でも、僧侶の息子が多くいた。

　——役に立ちたかった。

　自分を育ててくれた檀家や養父に、何らかの形で恩返《おんがえ》しをしたかった。自分が僧侶として、人格的に至らないことはわかっている。それでも、皐はがむしゃらに勉強し、必要な資格を取ってこの寺の住職になることを目指した。

　皐の養父がずっと独身だった理由については、皐は最後まで正面から尋ねられなかった。何かと嫁《よめ》を世話しようとする檀家に対して、養父が自分は肉体的に欠陥《けっかん》があるから子供は望めないのだと説明したのを聞いたが、それがどこまで本当だったのかはわからない。ことあるたびに煩悩《ぼんのう》を断つ大切さについて言い聞かせていた養父は、妻帯を認める宗派《しゅうは》の教えに、何らかの反発があったのかもしれない。養父は皐をこんな形で授《さず》かったことで跡継《あとつ》ぎができてホッとしているようにも思えた。

育った寺に戻ってくることになったのは、皐が仏教系大学を卒業し、他の寺で修行していたときだ。養父の危篤《きとく》の知らせが届いた。

皐は急遽《きゅうきょ》、育った寺に戻り、急な心臓の病気で倒れて意識がない養父を看取《みと》った。その後で執《と》り行ったのが、皐が初めて責任者としての葬儀《そうぎ》となった。

二十八歳という若年で寺を継ぐことになって、不安のほうが強かった。だが、檀家の強い希望もあって、まずは副住職として、兼任の先輩僧侶の下で半年間学び、そしてこの夏から、皐はこの都心に近い地方都市の、小さな寺の住職となった。

人口が多いこともあり、どうにか生計を立てられるほどの寺の規模だ。

髪を綺麗《きれい》に剃《そ》りあげ、物静かで凛《りん》とした切れ長の眼差《まなざ》しの、姿のいい美坊主《びぼうず》。白衣に袈裟《けさ》を重ね、数珠《じゅず》を手にからめて、通る声でお経を上げる。

そんな皐の見てくれが、近隣では話題になっているそうだ。

だが、皐にとって自分の外見などどうでもよかった。外見を評価されても、さして日曜説法《にちようせっぽう》に来る人数が増えるわけでもない。

見てくれだけが騒がれる自分の未熟《みじゅく》さを感じながらも、必死になって住職としての仕事を重ねるしかない。引き継ぎが行われたのは目が回るようなお盆《ぼん》の忙《いそが》しい時期の前であり、まずはここをどうにか乗り切らなくてはならない。

八月の月初めからお盆まで、希望があった檀家の家をどうにか回れるようにスケジュールを組んだ。棚経《たなぎょう》を終えても、すぐに次の家に向かえるわけではなく、接待されて檀家たちと話しこむこことも多い。

　檀家と密接《みっせつ》な関係を築き、年間行事にも積極的に参加してもらいたかった。そんな思いで、苦手な接待にも全力で臨《のぞ》むしかない。

　――しかし、疲れた……。

　スクーターで走り回るお盆の期間に、一年分の仕事をしている気までするぐらいだ。

　それなりに、希望に燃えていた。もっと寺に親しんでもらいたいし、新しい住民に檀家になってもらいたい。そんな思いで、他の寺の先進的な取り組みについても学んできている。だが、障害《しょうがい》となったのは、あまり人付き合いが得意ではないことだ。幼いころから、自分の気持ちを押し殺すことばかり覚えてきた。

　それでも、住職になりさえすれば檀家の役に立てると思っていたのに、いざその住職になってみれば、何より重要視されるのがコミュニケーション能力だ。

　普通にしていると冷ややかに見られる顔立ちだからこそ、にこやかにしていようと思うのに、上手《へ》に表情を作るのも下手《た》だった。

　――もう少し、……笑顔の練習もしなくてはな……。

　ひたすら真面目で日曜説法にも面白味がなく、檀家は居眠りしてばかりだ。

　今日訪ねた最後の檀家は、年に一度のこの棚経ぐらいしか顔を合わせることがなかったから、法話の会や写経《しゃきょう》の会などに誘《さそ》ってみたのに、快《こころよ》い返事はもらえないままだった。

「はぁ」

　今日の反省をしながら、スクーターの速度を上げる。疲れが溜《た》まっているせいか、ため息ばかりが漏れた。

住職になったらいろいろやりたかったことはあるのに、現実は厳《きび》しい。前住職のときから続いてきた法話と写経の会を継承するのがせいぜいで、他の寺が行っている先進的な取り組みなど檀家の前で口に出すこともできなかった。

皐の寺は長い石段を上った高台にある。かつては徒歩でしか上がれなかったと聞くが、今では車で一気に上がれる裏の道もあった。パワーのないスクーターでどうにか急坂を上がり終わって、住職の住居である庫裏《くり》へと向かう。

午後九時過ぎ。

盂蘭盆会《うらぼんえ》とセットになった夏祭りの準備もあって、昼間は何かと町内会の人々や檀家が集まっていたようだが、この時間になれば虫の音《ね》しか聞こえない。

静かだからこそ、普段は聞こえないはずの音まで聞こえた。皐が白足袋《しろたび》に引っかけた雪駄《せった》が、コンクリートの地面の上でぺたぺたと音を立てている。

皐は白衣の上に墨染《すみぞ》めの法衣《ほうえ》を纏《まと》い、肩から金色の帯のような折袈裟《おりげさ》を下げた姿だ。通気性のあるものを選んであったが、それでも汗《あせ》びっしょりだ。まずは着替えてシャワーを浴びたいと思いながら、庫裏の玄関を開ける。

中から灯りが漏れていた。まだ誰かが残っているらしい。

だいぶ立て付けが悪く、雨漏《あまも》りもしている住居だ。大規模な修繕《しゅうぜん》が必要な時期だったが、檀家の護持費《ごじひ》と寄付に頼った運営は年間行事だけでもカツカツだ。金があるなら、まずは本堂の修理に回したいほどだった。

「戻りました」

中に放った声が聞こえたのか、奥のほうでがたがたっと音が聞こえて、誰かが足早に近づいてくる。

皐は雪駄を脱《ぬ》ぎ、白足袋を脱ぎ捨てるために足元に視線を落とした。年配の檀家が多いから、その俊敏《しゅんびん》な反応だけでも誰だかわかった。顔を上げないまま、疲れ切ったため息とともに漏らした。

「おまえか」

「おまえか、はひどくない？」

弾《はず》むような声が返ってきた。

檀家総代である斉藤《さいとう》建設の社長の息子であり、父に連れられて幼いころから寺に出入りしていた斉藤晃陽《さいとうあさひ》だ。この春から大学生になったそうだが、自分より十歳年下の晃陽の面倒を見るのは、幼いころからの皐の役割だった。

――私が、おむつまで替えた。

女の子と間違えられることが多かった、目のぱっちりとした晃陽の愛らしい顔立ちは、今ではだいぶ男らしく成長している。色の白さと身体つきの薄っぺらさはあるものの、皐を越えるほど一気に背が伸びた。軽くウエーブがかかった髪を茶色に染めて、まさに今時の若者だ。古着に見えるジーンズやシャツも、選び抜いて買った品なのだろう。よく似合っている。町を歩けば、女性からの注目を集める、いわゆるイケメンというやつだろう。

「今日も遅かったね。お腹空《す》いたから、そこにあったおはぎ、二つ食べちゃったけど」

足袋を脱いで歩き出す皐の背に、晃陽はじゃれつくようにくっついて喋《しゃべ》る。飼い主によく懐《なつ》いた、大きなわんこのようだ。

「ああ。かまわない。私も檀家さんのところで、夕食をご馳走《ちそう》になった。今日はどうした？」

「参道《さんどう》の雑草取りと、伸びすぎた枝の伐採《ばっさい》してた。石田《いしだ》さんに頼まれて」

「悪いな。助かる」

皐は脱いだ足袋を洗濯籠《かご》に入れてから、キッチンへと向かった。

夏場の雑草取りは、大仕事だ。とにかく敷地が広いから、少しサボっただけで手がつけられなくなる。皐はお盆までは毎日のように檀家巡《めぐ》りだから、気になってはいても時間が取れずにきた。

置いてあったおはぎというのは、昼間にここで会合をしていた檀家の誰かが置いていってくれたものだろう。

「麦茶でも飲むか？」

喉《のど》の渇《かわ》きを感じていたから、皐はキッチンで袈裟を外《はず》しながら尋ねる。晃陽が素早く冷蔵庫を開けて、中にあった麦茶の瓶を取り出した。

「うん」

勝手知ったる何とやらで、晃陽は麦茶を二つのガラスコップに注いでくれる。この冷蔵庫の中身やキッチンの備品については、檀家のほうが詳しいかもしれない。この麦茶も、不在のうちに檀家が作ってくれたものだ。

白衣だけの姿になり、洗面所で顔を洗っている間に、晃陽はそのコップを持ってどこかに消えた。

皐は少し遅れて和室に入る。

だが、晃陽の姿が見えなくて戸惑《とまど》った。

「皐さん、ここ」

和室の端《はし》の縁側《えんがわ》にいた晃陽が、からかうように皐を呼んだ。座敷《ざしき》と縁側との境目《さかいめ》にある柱にもたれて長い足を伸ばし、網戸《あみど》ごしに吹《ふ》いてくる風で涼《すず》んでいるらしい。

そんな姿を見ると、しみじみとつぶやいてしまう。

「おまえ、……なんか、……本当に大きくなったな」

かつては寺に来る檀家に、ことあるたびにそう言われてきたのは皐だった。一足飛びに成長しているつもりはなかったから、そんなことを言われて不思議だったはずなのに、見守る立場になると素直にそう思ってしまう。

皐は高校卒業まではこの寺で暮らしていたものの、大学からは寮《りょう》で暮らし、卒業後も他の寺に住みこんでいた。だからこそ、当時中学生だった晃陽のイメージが強く、いまだにその大きさに目が慣れない。

「皐さんのほうこそ、いい感じに大人になったよ。昔の不安定っぽい感じもよかったけど、最近はしっとりとした色香《いろか》が加わってるっていうか？」

——不安定……？　色香？

そんなことを言われて、動揺した。

自分がかつて、不安定だった自覚はある。僧侶になるつもりだったが、自分の中の信仰心《しんこうしん》に確信がなく、かといって檀家や養父の期待に背《そむ》くこともできずにいた。何かと悩んでいたのを、中学生の晃陽に見抜かれていたのだろうか。

——私が、……晃陽のようだったら。

そんなふうに羨望《せんぼう》したこともあった。

晃陽と皐は、正反対の人間だ。晃陽は末っ子の甘え上手であり、檀家のふところにするっと無邪気《むじゃき》に入りこんで可愛がられていた。

晃陽が麦茶の入ったコップを置いた畳《たたみ》のそばに、皐は足を投げ出して座った。とにかく、クタクタに疲れ切っていた。

「おまえさ……」

他の檀家には丁寧《ていねい》な言葉使いを崩《くず》せない皐だったが、晃陽は弟のようなものだから、遠慮《えんりょ》のない口がきけた。

「夏休みになってから、やたらと寺に来てるけど、大丈夫なのか？　大学生ともなったら、サークル活動とかコンパとか、バイトとかで忙《いそが》しいんだろ？」

八月に入ってから、晃陽は毎日のように寺に来ている。

檀家総代である父の代理だと公言しており、骨惜《ほねお》しみせずに働く晃陽は、年配の女性檀家に孫のように可愛がられているようだ。

夏祭りの準備や掃除《そうじ》、草取りなど本当に助かっていたが、遊びたい盛りの大学生がどうして辛気《しんき》くさい寺に顔を出すのか理解できない。父に不本意なことを押しつけられているのではないかと、心配になる。

晃陽は柱にもたれたまま、長い足を片方引き寄せた。

「大学時代、コンパだとか、サークル活動とかで忙しかったの？　皐さんは」

「私はいろいろ勉強したり、知りたいことがあったから、浮ついたことはしなかった」

煩悩《ぼんのう》を捨て、悟《さと》りというものがどうしたら得られるのか、ひたすら追及してみたい時期だった。知識を蓄《たくわ》え、肉体的にきつい荒行《あらぎょう》まで幾度となく行ってみたが、いまだに悟りというのが会得《えとく》できずにいる。自分はこのまま、世俗に満ちた住職として一生を終えるのかもしれない。そんなふうにも思う。

「昔から、皐さんはストイックだよね。ずっと勉強してたんだ？」

晃陽の質問が心をえぐる。その目でまっすぐ見つめられると、自分の中のよどみが逆に意識されて、皐は長い睫《まつげ》を伏《ふ》せた。

「勉強はしたが、その結果が得られたかどうかについては、未知数だ」

「学生時代とか修行中に、誰かと付き合ったりとかしなかったの？」

いきなり別方面から切りこまれて、皐はドキリとした。

「まさか」

「え？　でも、坊主って、モテるんでしょ？」

「同級生の中には、積極的に出会いを求めているやつもいたけどな」

性的な問題について触れられるのが、皐は何より苦手だった。

全ての苦しみは煩悩から来るものだから、まずは修行をして煩悩をなくせ、という基本の教えを頑《かたく》なに守ろうとしてきた。

だが、肉体的な煩悩さえ完全になくならない。淫夢《いんむ》を見て目覚めるたびに、皐は自分の未熟《みじゅく》さに死にたいような気持ちになる。

なかなか晃陽の質問責めは、終わってくれない。

「皐さんは勉強ばかりしてたけど、ぼくなら浮ついてるから、大学生になったら女子とチャラチャラ遊ぶはずだっていいたいわけ？」

言葉の中に棘《とげ》を感じて顔を上げると、晃陽の目が挑戦的《ちょうせんてき》に細められる。だが、これは本気で怒っているからではなく、皐との会話を楽しんでいるだけらしい。まだ晃陽の心は、手に取るようにわかる。そのことにホッとして、皐は身体の力を抜いた。

「そうではないけど、……晃陽ならモテそうだから」

すらっとして王子様のようだから、いかにも女子から好まれそうだった。晃陽なら人間関係を作るのも上手だろう。

だからこそ、どうしてこんなふうに好きこのんでこの寺に入り浸《びた》っているのか、気になっているだけだ。

——もしかしたら、何か悩みでもあるのだろうか。

晃陽は軽く肩をすくめた。

「……別に、モテたくない」

「草食男子ってやつか？　何か悩みごとがあるんなら聞くぞ。恋愛問題だったら、私がそんなに……その問題で、役に立つとは思えないが」

現実的な悩みにどこまで対応できるか、定かではない。皐が話せるのは、辛気くさい説話ばかりだ。お迎《むか》えが近づいた老人に心の準備をさせるのには役に立つだろうが、恋愛問題に釈迦《しゃか》の説法で返すのは嚙《か》み合わない。言ってはみたものの苦い顔をしたのを、晃陽には簡単に見抜かれたらしい。

「皐さん、恋愛の経験あるの？」

「……正直言って、ないな」

ひたすら目を背けてきた。僧侶になるのだから、自分には無縁《むえん》なのだと言い聞かせて。

「誰かを好きになったこともない？」

追及されても、皐はうなずくしかない。

そんな皐を見て、晃陽は軽く肩をすくめた。

「そんなに気にしないでよ。ここに来るのは、バイト代わりでもあるんだ。寺を手伝ってると、父さんの機嫌《きげん》が良くなるからさ。小遣い弾んでくれるし、この夏には、バイクを買ってもらおうっていう下心。大型バイクで、欲しいのがあるんだよね。欲しいのは、わりと高くて」

晃陽の父は熱心な檀家で、寺への貢献《こうけん》も絶大だ。斉藤建設はこの町随一《ずいいち》のゼネコンであり、地域清掃を社員総出で定期的に行うなど、地元にも積極的に貢献している。

息子の晃陽には、それくらいの見返りはあるのかもしれない。

「だから、夏休み中は寺に入り浸る予定。することがあったら、何でも言って。でもって、父さんにもぼくがすごく頑張ってたって伝えてね」

「勉強はいいのか」

「してるよ。夏祭りの準備とか、檀家さんたちに教えてもらってる。……それに、ここにいると落ち着くんだ。お経を唱える皐さんの声とか、姿とか、……好きで、ここに住みこみたいぐらい。だから、バイト代わりだと思って、こき使っていいから」

しゃべりながらずっと晃陽の目は皐に向けられていた。どこか眩《まぶ》しそうで、皐の一挙手一投足《いっきょしゅいっとうそく》も見逃《みのが》すまいとしているような、ひたむきな眼差《まなざ》しだ。すっかり成長した晃陽の、大人っぽさにドキりとする。ガキだと思っていたのだが、大学生ともなればいっぱしの大人として扱《あつか》ったほうがいいのかもしれない。

そのとき、皐は目の前を横切る黒い小さな影《かげ》に気づいた。

「蚊《か》だ」

網戸《あみど》を閉じてはいたが、どこからか入ったらしい。

「うん。蚊がいるね」

晃陽はすでに食われていたのか、気づいたようにボリボリと腕を掻いた。それを見て、皐はすっと立ち上がった。

「蚊取り線香《せんこう》、……どこかにあったはずだが」

豚の形をした蚊取り線香用陶器《とうき》はすぐに見つかったが、肝心《かんじん》の蚊取り線香がない。

見回すと、棚の上に新しい缶《かん》が乗せてあるのに気づいた。背伸びして取ろうとしたが、誰が乗せたのか、男性としては平均的な背丈《せたけ》の皐でも少しだけ届かない。

「踏み台……」

言いかけたとき、すぐ背後から晃陽が手を伸ばしてきた。

「ん。……あとちょっと」

無造作《むぞうさ》に身体をぐっと背後から押しつけられ、皐は棚との間に挟《はさ》みこまれる。晃陽の身体の感触と、驚くほどすぐそばにあった顔に身動きができずにいると、そのまま晃陽が皐の顔をのぞきこんできた。

「取れたよ」

吐息《といき》が顔をかすめる。

こんなにも誰かと、顔を間近で合わせた経験はなかった。密着した他人の身体に、相手は晃陽だというのに、急速に鼓動《こどう》が乱れていく。

晃陽はなかなか身体を引こうとはせず、その体勢のまま問いかけてきた。

「お坊さんは結婚早いって聞くけど、皐さんは大丈夫なの？」

恋人がいるかと聞いたり、結婚のことまで言ってきたり、何かと詮索《せんさく》されすぎている気がして皐は眉《まゆ》を寄せた。他人の恋愛事情が気になる年頃なのかもしれない。口をつぐんで答えないでいると、さらに顔の横に手を突かれた。

「何だ？」

「だから、皐さんは結婚しないの？　檀家さんたち、やたらとそんな話してたよ。特に熱心なのは、佐藤《さとう》さん。いい人がいるんだけど、皐さんがその気なら紹介したいから、どんな感じなのか、さりげなくぼくから聞き出しておいてって」

「だからか」

皐は顔を背けて、ため息をついた。

どうにか晃陽の圧迫《あっぱく》から逃れ、座卓《ざたく》の前に腰を下ろす。

平静を装《よそお》っていたが、いつまでも密着した身体の感触が残り、鼓動の乱れが治まらない。

晃陽は缶をつかんで蚊取りの豚の陶器の前に屈《かが》みこみ、線香に火をつけていた。シャツの裾《すそ》から丸くなった背がのぞき、ゴツゴツとした背骨がうっすらと浮かびあがっているのも見える。

汗《あせ》がじわりとにじみ出した。晃陽の身体を凝視してしまいそうになるのをどうにかこらえ、皐は座卓の上にあったうちわを手に取った。

ゆったりと自分に風を送りながら、深呼吸をして言い返す。

「私にそんな気はない。……その手の余計なお節介《せっかい》は無用だと、上手に断っておいてくれ」

結婚するつもりなど、皐には欠片《かけら》もあるはずもなかった。住職になってから、一ヶ月も経っていない。あまりにも性急な檀家の動きに、辟易《へきえき》とした気持ちまでこみあげてくる。

「住職になれば、檀家さんたちが嫁を紹介してくれるって、……大学のときに聞いてたのは、本当だったんだな」

この先、どれだけその手のお節介を断り続けなければならないのだろうか。

女性と付き合う気になれないのは、皐の幼いころのトラウマが密接に関係していた。小学校からの帰り道に男に草むらに引っ張り込まれ、下着に手を突っこまれた過去がある。裸《はだか》にされて性器や全身を舐《な》め回されたことなど誰にも言えるはずもなく、ひたすら穢《けが》れの意識がつきまとっている。誰かに知られたら、将来僧侶になるのはふさわしくないと判断されて、寺から放り出されるかもしれないと怯《おび》えた。終わった後に泣きべそをかきながら、全身を洗ったときの公園の水道の凍《こご》えそうな冷たさをずっと覚えている。

『あれぇ、ぼくぅ。勃《た》ってるね』

からかいまじりにかけられた男の声も、いつまでも消えない。

その言葉の意味がわかったのは、皐がもっと成長してからだ。理解した瞬間、限りない背徳感《はいとくかん》を覚えた。全身を襲った冷たさは、あのときの公園の水の冷たさよりも勝っていたかもしれない。

皐がどうしても女性や、性についての話を避《さ》けてしまうのは、その体験のせいだ。あのようなことをされて、快感《かいかん》を覚えた自分への恐怖《きょうふ》。

――それだけじゃない。

あれから、あの男に似た男の影にやたらと怯えた。パニックのあまり、その男の顔はまともに覚えていない。だからこそ、背格好や雰囲気《ふんいき》が似た男を見ただけで、呼吸が浅くなる。

そんな幼い日の記憶など、封印《ふういん》したつもりだった。生まれ変わって心の中から清浄《せいじょう》になりたくて、つらい荒行も重ねてきた。なのに、皐は自分の性的趣向が女性ではなく、男性なのだと気づいてしまった。女性にはまるっきり興味がなく、男性の筋肉質で若々しい身体のほうに視線が向く。自分が女性よりも男性のことを多く見ているという自覚もある。思春期《ししゅんき》のころから、そのことでさんざん悩んできた。

――だから、さっきみたいなことをするのは、勘弁《かんべん》してもらいたい。

押しつけられた晃陽の若々しい身体の感触が、いまだに肌をざわめかせている。このまま、一生この秘密を封印したまま独身で過ごすつもりなのだから、余計な刺激は避けたかった。

「だったら、結婚する気はないの？」

呑気《のんき》に響《ひび》いた晃陽の言葉に、皐は現実に引き戻された。

「ああ」

「だったら、佐藤さんにはそう言っとく」

何でもなさそうに、晃陽は笑った。

豚の蚊取りから立ち上る煙《けむり》を見送っていると、ぽつりと晃陽が言った。

「今日は、静かだね」

この庫裏にはテレビがない。

養父がテレビを見ない人だったたし、皐も必要としていなかった。高台にある寺だから、日が暮れれば深夜のような闇《やみ》に包まれる。ふと思い出したように、晃陽が重ねた。

「そういや父さんに言われて、とっておきの日本酒を持ってきたんだ。冷蔵庫に入れてある。泉石《せんせき》酒造《しゅぞう》さんとこの。……飲む？」

一瞬、ためらったのは、明日も朝が早かったからだ。だが、毎日の疲れが澱《おり》のように溜まっている。少しだけ、気分転換と気晴らしがしたかった。

「ああ」

うなずくと、晃陽が立ち上がって酒の準備をしてくれる。

グラスやお酒をお盆に載せて運んでくれたときには、檀家が別途《べっと》差し入れしてくれたという豆腐《とうふ》ちくわや漬《つ》け物《もの》まで、つまみに準備されていた。

「悪いな。だけど、おまえは未成年だからな」

先制するつもりで言っておいた。

晃陽は見抜かれた、といったように肩をすくめた。

「じゃあ、ぼくはこれで。乾杯《かんぱい》」

差し出された晃陽用の麦茶のグラスと、冷えた日本酒の入ったおちょこを合わせた。

口に含《ふく》むと、生酒《きざけ》の馥郁《ふくいく》とした匂《にお》いが広がっていく。泉石酒造は寺の檀家であり、新酒ができるたびに奉納《ほうのう》してくれる。今年の出来もいいようだ。

「うまいな。……泉石酒造さんとお父さんに、よろしく伝えてくれ」

「うん」

「最近、お父さんは顔を出していないようだけど、忙しいのか」

「忙しいみたいだね。震災《しんさい》とオリンピックと円高で、資材や人件費が高騰《こうとう》してて大変だってぼやいてる。駅前に大型の病院と介護《かいご》センターを誘致《ゆうち》するとやらで、そっちで忙しいのかも」

「ああ。……何か、檀家さんが話してたな」

以前、大型の百貨店があった駅前の跡地利用として、国の医療《いりょう》研究センターを作る計画があるそうだ。最先端の高度医療施設に救急医療センターが併設され、かなりの収容能力のある介護センターもできるという話だった。

「誘致できそうなのか？」

気になって、聞いた。

この市は、老人施設が圧倒的に足りていないらしい。そのような施設ができれば、入居もしやすくなるだろう。

「わかんない。どうなんだろうね」

首をひねった晃陽の視線が、また皐に向けられてくる。

幼いころとは、その眼差しがどこか違っているように思えてならない。さきほど身体を密着させた感覚が残っているだけに、皐は落ち着かなくなる。

男が女を見るような、女が男を見るような、性的なもののまじった眼差し。

そんなものを感じ取るのは、考えすぎだろうか。だが、やたらと目が合うし、同じ年頃の女の子にするように、優しく微笑《ほほえ》みかけられると落ち着かなくなった。

気まずさに耐えかねて、皐はテーブルの中央に手を伸ばした。皿に盛られたつまみを、晃陽のほうに押しやる。

「ほら。おまえも食え」

「つまみよりも、ぼくはお酒のほうが飲みたいんだけど」

「成人するまで、あと少しだけ待て、って言っただろ」

寺では酒を奉納される機会が多く、お正月や行事のときには檀家にも酒を振る舞う。昔はおおらかだったから、幼い皐まで少しだけお相伴《しょうばん》にあずかってきたものの、さすがに今の風潮《ふうちょう》では未成年に飲ませることにためらいがあった。

「だったら、味見だけでいいから」

――味見……？

不思議に思いながらも、座卓を回りこんでくる晃陽をぼんやりと見守った。そうしながらも、酒を飲もうとおちょこを口に運んだタイミングで顎《あご》をつかまれる。その不躾《ぶしつけ》な行為に硬直《こうちょく》したとき、唇《くちびる》が塞《ふさ》がれた。

「……っ」

ただ触れるだけではなく、ちゅっと唇を吸《す》われる。驚《おどろ》きに口を開くと、その中に弾力《だんりょく》のある熱い舌が押し入ってきた。

――え？　何……っ！

皐の舌の表面に残った酒を舐め取ろうとするかのように、晃陽の舌は大胆《だいたん》に動いた。初めてのキスの驚きに息が詰まり、皐はなすがままにされていることしかできない。驚くほどぞくぞくとした

晩成

感覚が、全身に広がる。

「ツン、……ん、ん……」

早くこんな行為を止めさせたいと気ばかりが焦《あせ》っていたが、完全に全身が固まっていた。

──何だ、これ……っ。

舌から全身を支配されたかのように、全感覚が甘ったるさで塗《ぬ》りつぶされていく。不意に身体の中心の熱を自覚したとき、冷や水を浴びせかけられたかのように皐は正気に戻った。

「やめ、……ろ……っ」

晃陽の身体を、力のかぎり押し返す。突き飛ばすような勢いになった。

晃陽は驚いた顔で皐を見てから、くくっと吹《ふ》き出した。

「ごめん。……皐さん見てたら、……つい」

屈託《くったく》なく笑っている。その弧《こ》を描《えが》いた楽しげな目の表情を見て、張りつめていたものが不意に和《やわ》らいだ。

どうやら、からかわれただけのようだ。

「ついじゃ……ないだろ……」

深いため息が漏れる。身体の熱をしずめたくて座卓に向き直って肘《ひじ》をつき、額《ひたい》を両手で覆《おお》いながら皐は乱れきった息を整えた。

僧侶を志《こころざ》していた皐に、このような性的な悪戯《いたずら》を仕掛けてくる相手はいない。幼いころのあの男が、最初で最後だ。そのはずだ。

冗談だとわかっていても、なおも唇には甘ったるい感触が残っていた。それが心まで溶かしていくように感じられて、皐は拳《こぶし》でごしっと唇をなぞらずにはいられない。

それでも、一度掻き立てられた熱は容易《ようい》に去らなかった。身体の芯《しん》が炙《あぶ》られているような感覚が消えず、下肢も熱いままだ。

——こんなもの、……感じないでいたいのに。

どんなに修行しても消えない肉欲が、皐にはいとわしいものとして感じられてならない。

不自然に抑圧《よくあつ》しているせいで、自分が逆に性に囚《とら》われているような感覚さえある。

煩悩を消そうとすればするほど、淫《みだ》らな夢ばかり見た思春期を思い出す。

冗談として流したくもあったが、流すにしては深いキスをどうして晃陽が仕掛けてきたのか、引っかかった。

さすがにこんなことをされては、素知《そし》らぬフリもできない。

「私に、何か言いたいことがあるのなら、言いなさい」

「え。何？」

「ごまかされないからな。こんなふざけたお遊びをするほど、退屈《たいくつ》してるんだろ。バイトだのバイクだのと言っていたけど、それ以外の事情があるとしか思えない。何か、私に相談があるのなら、しっかり言いなさい」

晃陽は一時期、今みたいに寺に毎日やってきた時期があった。自宅での折り合いが良くなかったようだ。あのときのように、また何か事情があるのではないかと心配になる。

「ふざけたお遊び？」

にこやかだった晃陽が、何かが引っかかったように皐を見た。

だが、すぐに茶化《ちゃか》すような笑みに戻る。

「だったら怒らない？　ぼくがどんなことを言っても」

「ああ」

「だけど、……言えないよ。あなたにガッカリされたくないもん」

晃陽の声には深刻《しんこく》さはなく、甘やかさが漂《ただよ》っていた。恋人とでも話しているかのようだ。皐のほうもその態度に緊張《きんちょう》が消えて、晃陽の唇のみずみずしさのほうに気を奪《うば》われてしまう。自分はこの唇とキスをしたのだと思っただけで、身体の芯のほうがざわつく。

「ガッカリなんてしない。おまえのことは昔から知っているから、これ以上ガッカリなんてしようがない」

「ひどいな。もうぼくには幻滅《げんめつ》しきってるってこと？　だったら言っちゃおうかな。あのね、困ったことがあるんだ。皐さんにしか言えないこと」

晃陽の声が、不意に潜《ひそ》められた。軽く見せてはいたが、その眼差しから切実さを感じ取る。

「何だ？　私で相談に乗れることなら」

皐はおちょこを置いた。だが、いつの間にかだいぶ酒が回っているのに気づく。口当たりのいい酒だから、ついつい飲みすぎたらしい。身体がふわふわするのは、酒のせいだろうか。それとも、先ほどのキスのせいだろうか。

「こんなこと、誰にも言えないし、下手にことを荒立《あらだ》てたら、父さんの仕事にも問題があるって言うから、……一人でどうにかしなくちゃ、って思っていたんだけど」

——……何か深刻な悩みか？

「……付き合ってる人がいるんだ」

その言葉に、大きく皐の鼓動が乱れた。晃陽は大学生だから、恋人がいても不思議ではないだろう。

好きな人のことを話しているにしては、晃陽の表情は深刻だった。白いなめらかな頬《ほお》のあたりがかすかに引きつっているようだ。

「私の知ってる人か？」

「皐さんの、部活の先輩だった人だよ。……三重野一浩《みえのかずひろ》。この町の、有名人」

──三重野……一浩……？

思いがけない名前を出され、一瞬理解が追いつかなかった。

確かに、その人は知っていた。皐の高校のときの、剣道部《けんどうぶ》の先輩だ。大物代議士《だいぎし》である父親の地盤《ばん》を継いで今は都議《とぎ》となり、いずれは国会議員になるのではないかと噂《うわさ》されている。今も街を歩くと、政党ポスターなどでその端正《たんせい》な姿を目にしていた。

だが、その三重野と晃陽が付き合っているとは意外すぎた。

──だって、……男だろ？

そう思ったときに、ハッとした。まさか、二人も自分と同類なのだろうか。

晃陽が同類だと思ったことは、今まで一度もなかった。だが、中学のときまでしか、晃陽のことは詳しく知らない。性癖《せいへき》を自覚するのは、一般的に思春期頃だろう。

──いや、……でも、先輩は。

遠い昔の記憶がふうっと蘇《よみがえ》る。

キスしたのは、今日、晃陽とが初めてだと思っていたが、そうではないかもしれない。夢うつつの、淡《あわ》い感触を覚えている。一回にカウントするにはあまりにも不確かな記憶。

ひどく混乱したが、動揺を必死で隠した。自分もゲイだと晃陽に知られたくはない。そんな保身の意識が働いた。

どうしても表情が強張《こわば》ってしまう皐に、晃陽が問いかけた。

「驚いた？」

「え？ ……ああ、……びっくりした」

「こんな小さな町で、同類を見つけるのはわりと大変なんだ。一浩がそうだってわかったとき、何だかホッとしたんだよね。もともとはぼくのほうから、付き合ってくれって告白したんだけど。……ぼくがずっと好きだった人は、出家した上に寮に入っちゃってずっと戻ってこないし、きっとこの先、ぼくの気持ちに応えてくれることはないんだろうなあって思うと、失恋したみたいで寂《さみ》しくてさ。一生成就《じょうじゅ》しない恋だと、一度はその人のことを諦《あきら》めた。そのころ、わりと一浩と顔を合わせる機会があったんだよね。いい男だし、ぼくにも興味がありそうだったし、一浩でいいかなーって思って付き合い始めたんだけど。……だけど、皐さんが戻ってくることになったでしょ」

屈託なく、晃陽は語っていく。だが、そんなセリフのあちらこちらに引っかかる。

晃陽が語る片想いの相手というのは、もしかして自分なのだろうか。

だが、あまりにも流れで告白されて、皐はうなずくことしかできない。

「ああ」

「やっぱり、皐さんと毎日会ってると、違うんだよね。お寺に帰ってきた皐さんを半年間、見ていたら、自分に嘘《うそ》がつけなくなって、一浩に別れようって言ったんだ。だけど、別れたくないって断られて、それが悩み」

「待て。……まずは話を整理しよう。私のことが好きなのか？」

「それ以外に聞こえた？」

あっけらかんと言い返される。皐も晃陽のことは好きだったが、それが性的なものに結びつくかはよくわからなかったし、いきなりすぎてどう受け止めるべきなのかわからない。ひたすら混乱していた。僧侶になったことで、自分は恋愛の枠《わく》から完全に外《はず》れたつもりでいたのだ。

「私は、……御仏に仕える身だが」

「皐さんの事情はいいんだ。ぼくが一浩と別れたかったってだけだから」

相談の主旨は自分への告白ではなくて、三重野が別れてくれない、ということのようだ。

肩すかしされた気分になりながらも、皐はまずはそこに絞《しぼ》って考えることにした。そうしないと、まともに頭が働かない。

「……別れてくれないなんて、……先輩はそんなタイプには見えなかったけど」

学生時代の三重野は、リーダーシップもあり、頭のいい生徒会長タイプだった。

話のわかる親しみやすさもあり、かなうことならば自分もあのような人間になりたいと憧《あこが》れていたぐらいだ。

「ぼくのことを信じないの？」

晃陽があからさまにふてくされたように唇を尖《とが》らせたので、慌《あわ》ててフォローした。

「いや。晃陽を信用してないわけじゃない。人は恋愛したときと酒に酔《よ》ったとき、人柄《ひとがら》が変わるって聞く」

「ごめんね。皐さんを困らせちゃうことになって。だけど、本当なんだ。本当に困ってる。一浩の外見は好みだし、今でもすごく嫌いになったわけじゃないけど、もうキスしてもドキドキしないんだ。さっき、皐さんとキスして確かめてみたけど、全然違う。だから、もう一浩とは無理だと思って、別れようって思うんだ。だけど、別れてくれない」

こんな状況に陥《おちい》る前なら、告白されるようなことがあっても自分はすげなく断れると思っていた。なのに、こんなふうに切なそうに見つめられると、どうしても胸が騒ぐ。

その気持ちを受け止めるかどうかはさておき、まずは相談に応えようと思った。秘密を打ち明けてくれたのだ。かといって、三重野が一方的に悪いとは思えなかった。

「別れてくれないって、……具体的にはどんな感じなんだ?」

「おまえから告白してきたくせに、好きになってきたころに別れてくれって言われるなんて、納得できない。好きにさせた責任を取って付き合い続けろ、って返された。会いたくないって言っても押しかけてくるし、……部屋に来られたら……、その、……されるし」

――される……。

その言葉が持つ生々《なまなま》しいインパクトに、息を呑んだ。

性的なことに関しては徹底的《てっていてき》に免疫《めんえき》がないだけに、じわっと身体が熱くなる。

晃陽と三重野がセックスしていると告げられただけで、その光景が生々しく浮かびあがりそうになって、皐は焦った。

三重野に抱かれて、晃陽はどんな顔で喘《あえ》ぐのだろうか。一度脳裏に浮かんでしまった妄想《もうそう》は容易《ようい》に振り払えず、身体の芯が燻《いぶ》されたように熱くなっていく。

皐はうちわを強くつかんで、風を送った。かすかに指が震《ふる》えていた。

――私には、刺激が強すぎる。

赤裸々《せきらら》な告白を聞いた後では、晃陽の顔がまともに見られない。

だが、そんな自分を皐は恥《は》じた。

必死で頭を働かせようとしたが、解決法がそう簡単に浮かぶはずもない。ストーカー規制法とやらで警察《けいさつ》に訴《うった》える手もあるだろうが、ことがことだけに表沙汰《おもてざた》にすることを晃陽は好まないだろう。都議である三重野なら、なおさら警察を関わらせることを好むはずがない。

しばらく考えてみて、皐は息を吐き出した。

「……私のほうでも、何か考えてみる。……ことを荒立てずに、お父様の仕事にも……支障《ししょう》が出ないような、何らかの方法を」

公共事業の発注と政治家とは、切っても切れない関係があるらしいと聞いている。だからこそ、三重野に逆らえない事情もあるに違いない。

「本当に？」

晃陽の声が弾んだ。

「ありがとう！　皐さん、大好き」

そんな言葉とともにぎゅっと抱きつかれ、鼓動がまたとんでもなく跳《は》ね上がる。

晃陽にとっては何でもない行為なのかもしれない。皐のことを同類だと気づいていないのかもしれない可能性すらあった。だが、皐にとっては刺激的すぎる大問題だ。

他人と密着することに、本当に慣れていないのだ。若々しい身体や体温を衣服ごしに感じただけで、体温まで上がるから困る。

「い、……いいから、離れなさい」

そう言って、皐のほうからどうにか抱擁《ほうよう》から逃れた。

煩悩を捨て、悟りの道に入りたいというのに、これくらいでひどく動揺する自分を恥じ入るばかりだ。


それから一週間。

皐はことあるごとにため息を漏らしていた。

やたらとボーッとしている。檀家にもそれが伝わったのか、何かあったのか、疲れが溜まっているのかと尋ねられたほどだった。

確かに連日の檀家回りで、疲れは溜まりきっている。だが、それ以上に皐の心をとらえていたのは、晃陽だ。

晃陽の告白を受けて、皐はまだ自分が、一匹《いっぴき》の雄《おす》なのを自覚せずにはいられなかった。

――やたらと、淫夢《いんむ》を見る……。

思春期に戻ってしまったように、三十手前の身体が疼《うず》いていた。夢の中では晃陽を犯す三重野の姿が自分に変化し、本当にその身体を犯しているような生々しさとともに果てて、目覚めたことすらあった。

――こんなのは、……とっくに治まったはずなのに。

今さらながら寝苦しさや性的な疼きで、夜中に起きてしまうような日々を迎えるとは思っていなかった。昼間にボーッとするのはそのせいだし、繰り返し晃陽と付き合ったときのことを夢想してしまう。

肉体的な満足以上に、恋人同士として付き合い始めたときの心のときめきは、どんなだろう。ただ手が触れあったり、一緒にいるだけで満たされるといったようなくすぐったさに溢《あふ》れた幸せの極地というものを、一度でも味わってみたくてたまらなかった。想像しているだけでやたらと心が弾むし、ふわふわする。自分がおかしくなっているのを自覚せずにはいられない。

檀家回りをしているときには極力邪念《じゃねん》を挟まないようにしていたが、一人になってスクーターで次の家に向かうまでの間に、また晃陽のことを考え始めていた。

そんな自分に、皐は呆《あき》れるばかりだ。

――だけど、……考えるだけだから。

現実に晃陽と付き合うことはない。そう理性では判断しているというのに、晃陽のことが頭から離れない。

――にしても、……どうやったら二人を別れさせられるんだろうか。

しかしいくら考えても、恋愛経験のない自分にはいい考えは浮かばない。

やはり、三重野と直接話し合うのが、一番ではないだろうか。話が通じない相手ではないはずだ。

三重野は皐が高校一年だったときの三年生で、剣道部の主将《しゅしょう》だった。だが、運動部によくいる上級生のように、無駄《むだ》に威張《いば》り散らすことはなかった。

強くて凜としていて、指導方法もよかったし、演武《えんぶ》をこなす姿に見とれずにはいられなかった。他の一年もほぼ全員が三重野に憧れていたし、悪く言う人はいなかったはずだ。

三重野のことを思うと、あの暑い夏の記憶が蘇ってくる。

今でいう熱中症で、皐は部活で何度も倒れた。中学生のころから本山《ほんざん》での荒行に機会があるたびに参加してきたせいもあるのだろうが、自分の限界がわからない。我慢に我慢を重ねて平静を装《よそお》い、不意に意識を失って倒れることが何度もあった。

そのために目眩《めまい》でふらついたのを上級生から目ざとく見つけられて、強制的に休めと命じられることが多かった。

皐がそんなとき、休憩《きゅうけい》によく使っていたのは、水場のそばにあった外廊下《そとろうか》だ。

フラフラになってそこに横になり、とにかく体温を下げるために剣道の白の胴衣《どうい》をはだけさせ、袴《はかま》も半ば脱げかけたような格好で転がって、脇《わき》や首筋や太腿《ふともも》などにも濡《ぬ》れタオルを被《かぶ》せた。

そんな皐の様子を必ず定期的に見に来たのが、主将である三重野だ。

『大丈夫か？』

そう言って皐の様子を確かめ、そのまま休むか、保健室に行くか判断する。

その日もすぐに声で三重野だとわかったものの、皐は動けなかった。瞼《まぶた》がひどく重く、眠りかけていたからだ。夏休みに入って、朝早くから寺の勤行《ごんぎょう》があった。夜明け前からひたすらお経を唱え続けて、眠さのピークにあった。

そんな皐のために、三重野がすぐそばの水場でタオルを絞《しぼ》り直し、他の部分のタオルも取り替えてくれる。

火照《ほて》った身体に、その冷たさが気持ち良かった。皐は薄く目を開いて、三重野を見る。

『あり……がとう……ございます。……主将』

『具合はどうだ？　頭痛は』

『だいぶ……いいです……。水も、……飲めてます……から』

三重野は皐の顔の横に置かれたボトルの減り具合を確かめ、首筋などに手をあてて熱を確かめた。

その丁寧な手の動きに、何か大切に扱《あつか》われているような多幸感《たこうかん》すら掻き立てられた。自然と目が閉じて、皐はまたうとうとした。

ほとんど眠りかけていたとき、唇に何かが触れたような気配に目覚めた。

顔に乗せていたはずのタオルは、いつの間にか外されていた。皐は薄く瞼を開く。まず見えたのは、ぎゅっと握りしめられた拳だった。何か胸騒ぎがするのとともに、唇に触れた柔《やわ》らかいものの正体が知りたくて、皐はさらに視線を上げる。

そこにあったのは、今まで皐が知っていた、剛胆《ごうたん》で凛とした三重野の表情とはまるで違っていた。切なそうな眼差しに、苦しげな口元。

『せん……ぱ……い……？』

だが、目が合った瞬間、三重野はハッとしたようにいつもの主将の顔に戻った。

『ゆっくりしてろ。今日はもう、練習に戻らなくていいからな』

そう言って、顔にタオルを乗せられる。その直後に、三重野が遠ざかっていく気配があった。

三重野の頼りがいのある声の響きが好きだった。彼が感じさせるふところの深さや、思慮《しりょ》深い言葉の選び方に憧れた。

だけど、その三重野がどうしてあんな目で、自分を見ていたのかわからない。唇に触れたものが、何だったのかも。

だけど、そのことを思い出すたびに胸が騒ぐ。

――あれがキスだったんだとしたら、先輩がゲイだと言われても納得できなくもないけど。

だが、そんな三重野が絶対に別れないと主張して、好きな相手に性的な乱暴《らんぼう》を働くというのがどうしてもしっくり来ない。

――先輩だったら、……大切にしてくれそうだけど。

三重野のことを思い出すだけで、何だか落ち着かなくなるような、モヤモヤした感覚が生まれてしまう。

ただ、惑乱《わくらん》ばかりが募《つの》る。

寝苦しい日々が続いていた。

〔二〕

お盆まで皐は一日も休むことなく、朝から晩までひたすら檀家の家を回り続けた。行けば茶菓で接待され、いろんな世間話に付き合うこととなる。

そんな会話の中で、皐は機会があるたびに三重野の情報を聞き出していた。三重野はここが地盤であり、寺の檀家だ。

「三重野先生ところのぼっちゃん？　ああ、ご住職の先輩なんですか、剣道部の。ええ、ええ、いい息子さんに育ってね。二世っていうと、どうしても世間知らずのドラ息子のイメージだったりするけど、先生のところは違いますよ。気が利いてね、笑顔が爽《さわ》やかだし、年寄りにも優しいし、演説も見事でね。先生の後継者《こうけいしゃ》というより、おじいさま並《なみ》の大臣《だいじん》になるだろうって。ほら、こないだの選挙のときにはね、先生がかつて獲得《かくとく》した最高の票を上回る票数をね、勝ち取ったとかで」

その檀家は、三重野の選挙戦のときの応援ボランティアに参加したこともあるそうだ。すっかり三重野に心酔《しんすい》しており、手放しの褒《ほ》めようだ。

女がらみの悪いくせや噂《うわさ》は、一つもないらしい。

――ゲイだったら、女性関係は潔白《けっぱく》だろうな……。

三重野の噂はどこで聞いてもだいたい同じで、弁舌《べんぜつ》爽やかなハンサム。気配りもできる、地元の星、というのが共通認識のようだ。皐のイメージの中の三重野とも一致する。

――そう思うと、晃陽の話はやっぱり何か変なんだよな。

そんな三重野が、今の地位を失いかねない乱暴を、晃陽に働くだろうか。晃陽が暴行《ぼうこう》の容疑で警察に訴えるようなことがあったら、その地位も将来も全て失いかねない。

だが、具体的な行動は何一つできないうちにお盆となり、施餓鬼法要《せがきほうよう》と、地域の夏祭りが始まった。本堂に檀家が大勢集まり、先祖の法要と飲食の接待をする。その後で、夏祭りと盆踊《ぼんおど》りだ。目が回るような忙しさに駆けずり回った後で、皐はどうにか落ち着いて夏祭り最後の打ち上げ花火を眺《なが》め、住職になって初めての夏をどうにか乗り切れたことを御仏に感謝した。

お盆が終わってからも、都合が悪かった檀家の家をこれから回ったり、相談を受けた墓《はか》の処理などの仕事が残っているからまだまだ気が抜けない。それでも、これで一段落だ。

それから一週間が経ち、いろいろな片付けを終えて本堂を綺麗に拭《ふ》き掃除《そうじ》した後で、庫裏に戻りながら皐が携帯を見ると、晃陽からメールが入っていた。

『どうしよう。今日、一浩が来るって』

その文面にドキリとする。お盆の行事など晃陽にもいろいろ手伝ってもらったものの、その件については何も進んではいない。

他の檀家も同席していることが多かったからこそ、その話題に触れられなかったのだが、ずっと手をつけられずにいたツケが一気に回ってきたような気分になる。皐は慌てて、夕食後に晃陽のところに行くと返事を入れた。

外に出るときに身につけるのは、白衣に薄く透《す》き通った黒紗の改良衣《かいりょうえ》だ。足袋は穿《は》かずに素足《すあし》に雪駄を引っかけ、皐はスクーターに乗って晃陽の家に向かう。まだまだ暑い日々が続いていたが、日が落ちれば少しだけ秋を感じさせる涼《すず》しさがあった。鳴く虫も秋のものに変わりつつある。

町の中心街にある晃陽の家は、さすがはゼネコンだけあって立派なものだった。

母屋は堂々たる鉄筋三階建てだ。ここには数週間前にも、棚経をあげに来ている。

スクーターを止め、皐はまっすぐに離れに向かった。晃陽はそこに住んでいるそうだ。離れといってもプレハブのようなものではなく、平屋だがしっかりとした純和風の造りだ。

「……晃陽！　晃陽！」

ドアのところで声をかける。

タンクトップのようなシャツにハーフパンツという涼《すず》しげな格好で、晃陽がすぐに顔を見せた。

「あ。……皐さん。入って」

「その前に、まずはお父様に挨拶《あいさつ》してくる」

「いいよ。今日は留守だし」

「いないのか？」

「そ。母親と海外旅行中。だからこそ、ぼくは逃げ場がなくて大ピンチ」

言われてみれば母屋は暗く、人の気配はない。

拍子《ひょうし》抜けした気分で皐は玄関で雪駄を脱ぎ、勧められるがままに離れに上がりこんだ。母屋のほうには何度も来ていたが、離れは初めてだ。

晃陽のために作られた住まいというよりも、玄関の落ち着いた和風のしつらえといい、入ってすぐの和室といい、年寄り向けのものに見えた。

「ここに、晃陽は一人で住んでいるのか？」

和室の奥は、寝室兼勉強部屋のようだ。畳《たたみ》の上に絨毯《じゅうたん》が敷かれ、机とベッドが据《す》えられているのが見える。

「そう。もともとはおじいさんのための離れだったんだよね。でも、わりとすぐに亡くなっちゃって、大学受験のころからここはぼくの離れになったんだ。母屋には何かとお客さんが来るから、こっちのほうが落ち着いて勉強できるだろうって」

そう聞けば、このしっとりとした造りも納得できる。

晃陽が進学したのは、地元の国立大学の建築学部だ。偏差値も高いと聞いているから、離れを息子に譲った成果はあったのだろう。

進められるがままに皐は和室の座卓の前に座りこみ、ずっとかけっぱなしだという床《とこ》の間《ま》の掛《か》け軸《じく》を眺めた。それから背筋を伸ばして、近くに座った晃陽に告げる。

「先輩とのことについて、どうにかいい方法はないかとずっと考えてきたんだが、特にこれといった方法は思いつかない。だけど、先輩なら話して通じないことはないと思うんだ。私がここに残って、一度話をつけてみるから」

「それが、……皐さんの結論？」

晃陽はかすかに笑ったようだった。あからさまに呆《あき》れた顔をされて、皐はうつむいた。

「すまない。……これぐらいしか、思いつかなくて」

それでも、さんざん考えて出した結論だった。

まずは三重野と話したい。晃陽が困っているのだとまず伝えて、別れてもらえないかと誠意を持って切り出せばわかってもらえるかもしれない。

恋愛に目が眩《くら》むと何も見えなくなるというから、もしかしたら三重野も晃陽が困っているとわかっていない可能性だってあった。他人の恋愛に首を突っこむのはやっかいだったが、三重野に疎《うと》まれてもいいから晃陽のために力を尽くしたい。

「……晃陽にも立ち会ってもらいたいけど、強制はしない。先輩と顔を合わせたくないのなら、話がつくまで母屋に隠れるなり、友達のところにでも行ってもらって」

「ダメだよ。ぼくがいないと、皐さんが殴《なぐ》られるよ」

暴力をふるうことを知らされて、皐は震えた。三重野が理不尽《りふじん》な暴力をふるうタイプだとは思えずにいた。

だからこそ、まずは話し合いたい気持ちが強い。

「かまわない。何があっても、私は晃陽の味方だから」

「ありがとう。感謝してる、皐さん」

皐の横に晃陽が寄ってきて、手に手を重ねられた。

僧侶である皐に、そんなふうに触れてくる人はいない。ただ手が触れただけでも、淫らな熱がそこから全身に広がっていきそうだ。

この一週間、晃陽への思いを持てあましてきただけに、心が揺れ動く。だけど、自分が晃陽の思いに応えられるはずがない。そんなことはわかっているはずなのに、こんなふうに触れられるとまた心が騒ぐ。この思いを受け止めたら、何かが変わりそうな予感がして。

ひたすら孤独だった自分の人生の中で、何かが得られそうな気がしてならない。全てを捨てて御仏に仕える覚悟はできていたはずなのに、煩悩を捨てられもせず、悟りを得られずにきた自分の中途半端《ちゅうとはんぱ》さを思い知らされる。

「こないだ、皐さんとキスしたときから、ぼくは皐さんのことばかり考えてる」

手を握られてうつむいていた皐は、晃陽のその甘い囁きに顔を上げた。

――私もだ。

自分だけではなく、晃陽もそうだということを知らされて、心のどこかがふわっと弾む。

晃陽とのキスの後遺症《こういしょう》は、皐のほうが大きいかもしれない。

どんな食べ物を口にしたときとも違う、生々しい他人との接触。どうしてキスが特別視されるのか、その体験を通じて初めてわかったような気がする。

感覚が集中した敏感《びんかん》な部分を他人と触れあわせたときに生まれる奇妙《きみょう》な惑乱が、ずっと全身につきまとって消えない。甘くて心がざわざわとするその感覚をどうしても再び味わいたくて、心がひりつきそうになる。

そんなことは、皐の今までの人生にはないものだった。キスをしたことで、晃陽が自分にとって特別なものになったという錯覚《さっかく》すら覚えた。

皐の顔を、晃陽が正面からのぞきこんだ。鼻と鼻とがくっつきそうになる。

「……ぼくのこと、……好き？」

ざわりと鳥肌が走った。

そんな直接的な質問をされるとは思わなかった。

僧侶として、そのような俗事に振り回されてはならない。全ての煩悩を断ち切ることから、仏の道は始まるはずだ。

なのに、すっぱりと否定できないのはどうしてなのだろうか。触れている手や、鼻孔《びこう》から入りこむ晃陽の甘い匂いに心を奪《うば》われそうになる。息苦しくて、身じろぎすらままならない。

色素《しきそ》の薄い瞳にのぞきこまれると、嘘を言うのは困難だった。こんなふうに心を揺らしてはならないとわかっているのに、この誘惑《ゆうわく》に身を預《あず》けたいという欲望を振り切ることができない。

頬が引きつって、自分がどんな表情を浮かべているのかもわからなかった。

「好きだなんて、……止めてくれ」

「どうして？　ぼくのこと、嫌い？　ぼくは、皐さんのこと好きだよ。キスしたい。もっと……」

皐を口説《くど》き落とそうとするように、晃陽が言葉を重ねてくる。その姿が切なかった。好きだと言ってくれる相手を苦しめている痛みが、より胸を締めつける。

触れてくる晃陽の手を、振りほどくことができない。

もっときっぱりと拒《こば》まなければ、晃陽を誤解させてしまう。それは良くないはずだ。触れあった皮膚《ひふ》が熱く疼くのを感じながら、皐は大きく息を吸いこんだ。自分の身体が自分のものでないような気がするほど、全身に力が入りすぎてギクシャクしていた。声までかすれる。

「……守ってやりたいと思っている。だけど、……私は、恋愛は……」

ここで道を踏み誤《あやま》ってはならない。すぐそこに崖《がけ》があって、一歩でも踏み間違えれば一気に足を滑《すべ》らせて転落しそうな恐怖を感じていた。

なのに、このまま誘惑に流されてしまいたいという欲望が、嵐のような激しさをともなって押し寄せてくる。

普通ならばそれは、女性に対して感じるべきものだろう。だけど、皐にとってその対象は同性だった。

皐はそんな自分を恥じることしかできず、一生、他人と恋愛関係に陥《おちい》ることを自らに禁じたのだ。

僧侶となり、性とは無縁でいたいと願った。

なのに、間近で感じる晃陽の若々しい身体が、性の本能を呼び起こす。

その身体を抱きしめて、もう一度キスをしたいという渇望《かつぼう》が頭から離れない。これは、チャンスだった。千載一遇《せんざいいちぐう》の、自分が手にするとは思わなかった、最初で最後の機会だ。またあのときと同じような、心まで溶け落ちそうなキスがしたい。

誰かに恋をして、心まで温かく包みこまれるような体験がしてみたかった。それは安らぎなのか、苦しみなのか。

どちらでもいいから、知ってみたい。

——だって、こんな感覚、……初めてなんだ。

ただ身体を近づけているだけで、ふわふわと身体も心も落ち着かなくなるような、独特の感覚。だから、皐は近くにあるその芳《かぐわ》しい身体から、身を離すことができない。

喉の渇きに似た感覚とともに、晃陽の舌の柔《やわ》らかさばかりを思い出している。

——晃陽は、……待っているのだろうか。……キスを。

そんな自惚《うぬぼ》れた考えまで頭に浮かび、自分を戒《いまし》めようとぎゅっと目を閉じたとき、晃陽の寂しげな声が聞こえてきた。

「そうだよね。……ぼくみたいに、他の男とした相手は嫌だよね。好きじゃない相手と、寂しさを埋《う》め合わせたくて寝たような人間だから、穢《けが》れてるんだ」

自分のハッキリとしない態度が晃陽を誤解させ、傷つけたと知って胸の痛みが増す。問題があるのは、自分のほうだ。皐は思わずその手を握り返していた。

「そんなことはない……！」

「え」

「穢れてなんていない。晃陽は綺麗だ。穢れてるのは、……私のほうだ」

口走った途端、取り返しがつかないことを暴露《ばくろ》してしまった恐怖が広がる。あの幼い日のことは、誰にも言えない秘密だった。

だが、間違いを犯したのは晃陽だけではないと伝えたくて、皐は大きく息を吸いこんだ。

「……私が幼かったころ、小学校低学年のころだ。だから晃陽は知らないだろうが、このあたりで変質者がうろついてた事件があった。犯人《はんにん》はしばらくして捕まったけど、……私も被害者だった」

晃陽の目が大きく見開かれた。一呼吸置いてから、皐を気遣うように、潜《ひそ》めた声が投げかけられる。

「何かされたの？」

「寺に向かう途中の茂《しげ》みのあたりで、……ほら、橋を渡ったすぐそばに、お稲荷《いなり》さまのお社《やしろ》があるだろ。そこは以前はもっと、草が生《お》い茂《しげ》っていて、……人通りが少なかった。草むらに引きずりこまれて身体を触られ、……勃ってるじゃないかって言われた」

そのことが、ずっと心のしこりとして残っている。

誰にも言えずにきたその秘密を、どうしてこのタイミングで言えたのかわからない。だけど、自分のことを好きだと言ってくれる相手には、隠したくなかった。

あのときのことを思い出しただけで、今さらながら身体が震えてくる。そのみっともない震えを止めようとして、身体に力がこもる。

「だから、……晃陽も恥じることはないんだ。……誰でも、……過ちは犯す。だけど、反省すればいい。御仏の慈悲《じひ》に身をゆだね、その智慧《ちえ》に照らされていれば」

「皐さん」

皐の肩に、晃陽が両手を回した。強く抱き寄せられて、息が詰まる。

肩に顔を乗せられ、密着した身体全体から、痛みと温もりが広がっていく。

「知らなかった。……ありがとう。そんなことを、……ぼくに話してくれて」

「いや」

どう返事していいのかわからない。告白したのは良かったのか悪かったのか判断できなくて、皐はその腕の中でぎこちなく固まっていることしかできない。慰《なぐさ》めるつもりが、慰められている気がした。秘密を一つ開示したことで、逆に晃陽への思いが強まる。自分は未熟で、性に振り回される人間だ。そんな自分だとしても、晃陽は受け入れてくれる可能性はあるのだろうか。僧侶ではなく、一人の人間として好きだと言ってくれる可能性は。

抱きしめられているだけで、全身がじわじわと熱くなる。

身体の距離が近いと、心の位置まで近くなる気がした。その耳元で、晃陽が囁いてくる。

「……ぼくが穢れてないって、……言ってくれて、……ありがとう」

晃陽は少しだけ身体を引いて、額と額を擦《こす》り合わせるようにして顔をのぞきこんできた。その甘ったるい仕草に、くすぐったさが募る。

そのまま顔を寄せられ、キスをされる予感がしたというのに、皐は動けない。だがすぐに唇は重なることなく、止めていた呼吸が苦しくなって軽く息を吸いこんだとき、晃陽の唇が重なってきた。

「……っ」

ぞくりと背筋を襲《おそ》った戦慄は、前回のキスのときの記憶よりずっと生々しかった。刺激が強すぎてとっさに身体を引こうとしたが、すでに顎を晃陽に捕われている。

反射的に歯を食いしばったが、唇の隙間《すきま》をなぞるように舌をぞろりと動かされただけで、どうしようもないほど身体が高まっていく。

「っく……」

息ができず、息苦しさは増すばかりだ。鼻では上手に呼吸ができず、ついにもがくようにして晃陽の胸に腕を突っ張って逃れ、空気を思いきり吸いこむ。

だが、十分に酸素を取りこめないでいるうちに、また唇を塞《ふさ》がれた。

「っふ、……う……っ」

開きっぱなしになっていた唇から舌を忍びこまされ、口の粘膜《ねんまく》を舐められる。そんなところまで舐められるとは思わなかった。拒もうにも、顎が閉じられないように指を入れられている。口の内側で舌が蠢《うごめ》くたびに、ぞくぞくとたまらない戦慄が次から次へと背筋を伝う。どうにかしなければと焦るのに、触れあった唇から全ての力を吸い取られているかのように何もできない。ただぎゅっと目を閉じて、口づけを受けるばかりだ。そこに全ての感覚が集まっていく。

——私は今まで、何を体験してきたのだろう……。

そんなふうに思うほど、与えられる感覚は鮮烈《せんれつ》だった。

目が眩みそうになる。唇で生まれた疼きが血流に乗って心臓まで流れこみ、痛痒《いたがゆ》いような感覚に胸を掻きむしりたくなる。それもできずに、全身のいたるところで疼きが爆発《ばくはつ》する感覚を持てあましながら、ひたすら身を預けているしかない。

このまま、もっと深いキスがしたかった。このキスの先に何があるか知りたい。

そんな生物的な本能がこみあげてくる。

気がつけば、皐からも晃陽の肩に腕を回していた。

——これは、……私の。

晃陽への独占欲《どくせんよく》が、ぐらぐらと頭を揺さぶる。欲望に目が眩む。

心臓がやかましく音を立てていた。自分のこの心臓の音は、晃陽にも聞こえているだろうか。興《こう》奮《ふん》のあまり、頭が灼《や》ききれそうだ。

いつしか皐のほうから、舌の表面を擦れ合わせるようにして弾力のある舌を貪《むさぼ》っていた。ぬるぬるとした弾力が気持ち良くて、ずっとこれを味わっていたい気分になる。生まれたときからひたすら皐を縛《しば》りつけていた枷《かせ》が弾《はじ》け飛び、僧侶だということが頭の片隅《かたすみ》に追いやられる。一匹の雄へと変化していく。

そのとき、痛いほど張りつめた性器が晃陽との身体の間で擦れて、びくんと下肢が跳ね上がった。そうなって初めて、自分がそこまで昂《たか》ぶっていることを意識した。

「……こんなに、……なってる」

恥じ入るよりも前に、晃陽が皐の耳元で囁く。伸ばされた晃陽の手が皐の太腿《ふともも》をなぞり、着物の裾を割って性器まで伸ばされた。触れられただけでたまらない悦楽《えつらく》が広がり、皐は身をよじるようにしながら息を呑まずにはいられなかった。

「よ、せ……っ」

煩悩を捨てたくて、ひたすら努力してきたはずだ。自慰《じい》すらできるだけ避けてきた。本山の教えとして、健康な男性であれば自慰を回避するのは不可能という見解があったが、それは正しいのかもしれない。こんなにも肉欲は肉体と切り離せない。

下着の上から熱くなった性器の形をなぞられただけで、そこが一気に質量を増すのがわかった。さらにそこを握りこまれて先端《せんたん》までしごき上げられると、あまりの罪《つみ》深さと興奮に唇が震えた。

「ダメだ。……誰か、……来た、ら……」

これから三重野が来るはずだ。そのことを、興奮に灼ききれそうな頭の片隅でも、どうにか意識している。

「大丈夫。……あいつ、……遅いから」

皐の理性を全て奪おうとするかのように、晃陽の手が皐の下着を掻き分けて中に入りこんできた。直接握られてしまっては、もはや理性は働かない。

「ぁ、はな、……っうぁ……っ」

淫らにしごきたてられながら腰を引かれて膝《ひざ》立ちに引き起こされ、太腿の半ばまで下着を引き下ろされる。そのときに晃陽の指が不意に足の奥をまさぐったから、その奇妙な感覚に思わず腰を引いた。

「……何だ？」

「嫌？　入れるほうがいい？」

「入れ……？」

尋ねられながら、蟻《あり》の戸渡りと呼ばれる部分を晃陽の長い指の腹がなぞる。そこまでパンパンになっている気がするほど勃起《ぼっき》していたが、皐は嫌悪感《けんおかん》を覚えて身体をひねらずにはいられない。

皐に拒否感があることを知ったのか、晃陽はすぐに手を引き抜いて皐の手をつかんだ。同じように膝立ちになって下着を引き下ろし、自分の足の奥にその手を導いてくる。

「……大好きだよ、皐さん。……あなたのものになりたい」

指先が晃陽の後孔にあてがわれる。そこに挿入口があることを悟って、自然と指先に力がこもった。つぷっと、その指が他人の身体の中に呑みこまれていく感触に、皐は痺《しび》れるような興奮を覚えずにはいられない。

晃陽は自分の指も、皐のものと合わせてゆっくりと動かし始めた。

「ここ……、皐さん、……入れたこと、……ある？」

晃陽の指と自分の指が、この体内で擦れる。

どう動かしていいのかわからないまま、皐は晃陽の指に合わせて自分の指を動かし始めていた。

「……何？」

「ここ……皐さん、……自分で指入れて、……慰める……ことは……？」

自慰の仕方を聞かれているのだとわかって、カァッと全身の熱が上がる。

その体内の温かさに意識を奪われたまま、皐は乾《かわ》いた唇を湿《しめ》した。

「……しない……」

「そう……なんだ？」

火照った顔を近づけてそんなふうに囁かれると、さらに興奮が広がる。晃陽の体内の柔らかさを感じているだけで、性器が硬くなっていく。たまらず、空《あ》いた手で自分の性器をつかんだ。このままでは、暴発《ぼうはつ》しそうだ。

「ぼくに……入れてみる？　そうしたら、……もっと、……気持ち、……いいよ」

その動きを察知したのか、晃陽がかすれた声で尋ねてきた。

答えられずにいる間に、晃陽は潤滑剤《じゅんかつざい》を手に取り、体温に馴染《なじ》ませた後で皐のものにたっぷりと塗《ぬ》りつけてきた。それから皐の身体を畳に組み敷き、腰をまたいできた。

「皐さんの、……ぼくに……くれる？」

何をされそうになっているのか、頭のどこかで認識していた。だが何かに取り憑《つ》かれているかのように理性が働かず、皐はなすがままにされているしかない。晃陽は皐の性器をつかみ、熱くなったその先端を自分の足の奥にあてがった。

そのまま息を吸いこんで、体重をかけてくる。

「……っ」

晃陽の体内に先端が入りこんだだけで、かつて味わったことがないような悦楽が背筋に襲《おそ》いかかる。気を抜いたら、すぐさま達してしまいそうなほどの快感があった。だが、残っている理性を掻き集め、皐は歯を食いしばる。

ゆっくりと、晃陽は皐を呑みこんでいく。

「……っあ」

生温かいぬめりにペニスが包みこまれていくたびに、下半身が溶け落ちそうな快感が広がる。

根元まで呑みこまれ、そのたまらない挿入感に我を忘れた瞬間に、

「っえ、……あ……っ！」

いきなり背後から首に腕を回され、喉《のど》を強く圧迫された。腰をまたいだ晃陽の存在しか頭になかっただけに、何が起きたのかわからなかった。

喉の痛みとともに身体を引き起こされ、自分を羽交《はが》い締《じ》めにした男を見る。そこにいたのは、三重野一浩だった。

――先輩……！

檀家だから、たまにチラッと顔を合わせることはあった。だが、久しぶりの再会だ。それが、こんな現場となるとは。

「きさま。……何をしてる」

怒りのこもった声に、全身がすくみあがった。

最悪の現場を押さえられた焦りに、慌てて晃陽から引き抜こうとしたが、首を強くつかまれていて身じろぎも最低限しかできない。晃陽も驚いているのか、中の締めつけがさらに増していて、歯を食いしばらなければならないほどの悦楽が、互いに動くたびに密着した下腹部から生み出されていた。気持ちいいのと恐怖とで、どうにかなりそうだ。

身動きできなくなった皐の耳元で、三重野が脅《おど》すように囁いてくる。

「久しぶりだな、樫森。坊さんになったおまえに、恋人を寝取られるとは思わなかったよ」

「……これは、……っ」

さすがにこんな現場を押さえられてしまっては、弁解もできない。三重野にとって、自分はまさに間男《まおとこ》そのものだろう。三重野の怒りが、身体全体から伝わってくる。このまま喉を絞められて殺されそうだ。

「誘惑したのは、どっちだ?」

三重野の声には、底冷えするほどの怒気がこめられていた。

三重野がここまで怒った姿を、見たことがない。だが、反射的に晃陽を三重野からかばってやらなくてはと思った。

「……私から……っ」

口走った途端、首にかけられた腕にさらなる力がこめられた。気道が圧迫され、痛みが全身に広がった。

「っ、ぐ、……っぁあ…っ」

「こんなことをして、……ただですむと思うなよ」

ようやく腕が外された。前に回りこんで、冷ややかに皐をにらみつけてくる三重野から、強い怒りが伝わってくる。男にとって愛する相手を寝取られるのは、どんなことにも増してプライドを傷つけられる出来事なのだろう。

「まずは、……晃陽からそれを抜け」

三重野に言われて、まだ晃陽とつながったままなのを意識した。下手に動くとイってしまいそうな悦楽が下肢に満ちたままだ。

ここまで異様な状況だというのに、だからこそ神経が張りつめているのか、感覚が限界まで研《と》ぎ澄《す》まされているようだった。晃陽が身じろぐだけでも絞り取られそうな刺激に、歯を食いしばらなければならない始末だ。この状況で萎《な》えていない自分が信じられない。

「……晃陽……私から、……離れてくれ」

緊張《きんちょう》のあまり、まともに身体が動かなかった。だからこそ頼んでみたのだが、晃陽のほうも三重野の怒りを目の当《ま》たり《あ》にして、ぎこちなくしか動けないようだ。

「そんなにおっきく……されたら、……抜けないよ……っ」

その声が三重野の逆鱗《げきりん》に触れて、いきなり怒鳴りつけられた。

「だったら、俺の目の前で最後までやるか？　この生臭坊主《なまぐさぼうず》が」

三重野は怒りを露《あら》わにしたまま大股《おおまた》で和室を横切り、勝手知ったる様子で晃陽の部屋から小型のビデオカメラを持って戻ってきた。

それを起動させ、レンズをつながったままの二人に向けてくる。この醜態《しゅうたい》を映像に収めるつもりだと知った皐は、驚愕《きょうがく》した。

「……やめてください」

「この淫乱《いんらん》は、セックスのときの姿を撮られるのが好きなようでね。俺とのセックスを撮影したのは、二ヶ月ほど前だったか？」

「あんたが勝手に撮ったんだろ……！」

悔《くや》しそうに晃陽が言う。もしかして、晃陽が三重野と別れられずにいるのは、その映像の存在もあるのかもしれない。

動けずにいた皐と晃陽の姿を、三重野が舐めるように撮影していく。三重野に引き起こされたために体位が変わり、今は晃陽が皐の下になっている。浅く呼吸を繰り返す晃陽を見ていると、不安がこみあげ、取り返しがつかないことをしてしまった現実を思い知らされた。この映像を檀家に見られるようなことがあったら、二度と顔向けできない。だが、背後に回りこんできた三重野に尻《しり》を叩《たた》かれた。

「う、……あ……っ」

「動け。何をしてる」

叩かれた拍子《ひょうし》に晃陽の中をえぐることになって、淫らな感覚が腰からこみあげる。はち切れそうな性感を抱えていた皐にとって、それはたまらない刺激だった。

さらに尻を叩かれると、二度、三度と腰が動いてしまう。そのたびにペニスに密着してからみつく襞の感触がたまらなかった。もっと激しく動かして、絶頂までたどり着きたくてたまらない。身体の奥底から湧き上がってくる射精への欲望を制御できない。

それでも必死になってあらがおうとしていると、晃陽に囁かれた。

「い、……から、……皐……さん。……ぼくの、……中でイって……」

切なそうな声だった。

晃陽も快感を貪るのを止められないでいるのだろうか。

それでも、自分がここで流されたら、晃陽は一生、三重野と別れられなくなるかもしれない。

「ダメ、だ……」

理性が薄れそうになるほど昂ぶっていたが、晃陽が不利な立場になることだけは避けなければならない。

その一念で、必死に歯を食いしばる。

「だったら、俺がイかせてやろう」

そんな言葉とともに、背後から三重野に着物の裾をまくりあげられ、臀部《でんぶ》を剝きだしにされる。

その後で、三重野の大きな手が尻を割り開く。

「何を……ッ」

すくみあがって、三重野の手を振り払おうとした。だが、その手首をつかまれて背中で拘束《こうそく》される。

「な……っ」

金属が食いこむ感触に驚いて振り返ると、手錠《てじょう》を両手首にはめられていた。さきほどカメラを取ってきたときに、このようなものも取ってきていたのだろうか。

正面を向かされ、這《は》わされて再び臀部の狭間《はざま》に三重野の指が触れる。その異様な感触と、何をされるのかわからない恐怖に身体がガチガチに固まった。その上、晃陽とまだつながったままだから、不注意な動きはできない。

ペニスにからみつく晃陽の襞《ひだ》の締めつけに意識を奪われたとき、双丘の奥にぐぐっと指が押しこまれた。

「つう、ぁ！」

信じられない行為に、言葉を失った。

だが、逃れることはかなわず、きゅっと縮《ちぢ》んで抵抗しようとしていた部分にさらに指が根元までねじこまれる。

入れられたのは、たった一本の指でしかないはずだ。なのに、身体の中心を太い杭《くい》で貫《つらぬ》かれたような恐怖と痛みに、息が詰まった。

これは、罰《ばつ》なのだろうか。間男になってしまった自分への。

ギチギチに詰めこまれていた三重野の指は、ゆっくりと抜き取られていく。

そのときのぞくぞくとした、魂《たましい》でも抜き取られるような体感に肌が粟立《あわだ》った。指はそのまま完全に抜け落ちることなく、ゆっくりとそこに出し入れされる。

「っう、……ぁ、あ、あ……っ」

その指がもたらすあまりの存在感に、皐はうめくことしかできない。すでにペニスはガチガチで、爆発寸前まで高まっていた。しかし、背後からのたった一本の指に感覚の全てを支配されている。

不快感と違和感が身体全体を占めているのに、指のある後孔と性感が直結したかのように、晃陽の体内に呑みこまれたペニスがさらに膨張《ぼうちょう》して疼く。

「指に、おまえの中がからみついてくるぞ。……どうやら、おまえはこっちの素養もあるようだな」

嘲《あざけ》るように、背後の三重野がつぶやいた。指の動きに意識のほとんどを奪われていたが、不意に三重野が空いた手で持ったカメラのことが頭をかすめた。そのレンズが指のあるところに向けられているのかもしれないと意識した途端、ひくりと中が蠢いた。襞が蠢き始めると、後孔の感覚も繊細《せんさい》になっていく。

三重野の指は奥までねじこまれた後でゆっくりと抜けては、何度も押しこめられた。その動きに合わせて、皐の腰が自然と動き出す。皐の腰を内側から操《あやつ》るかのように、体内の指は深い部分から浅い部分まで自在に搔き回した。

「……っん、ぁ、あ、あ……っ」

指を入れられているだけで、皐は操り人形のようにガクガクと震えていた。後孔から晃陽の体内にあるペニスまで、熱い痺《しび》れが伝わっていく。自分で動きを制御できない。指に操られるがままに、晃陽の体内を次第に激しく突き上げるようになっていく。

晃陽もその突き上げに感じているのか、身体を畳に預けて甘い声を漏《も》らしていた。絶頂が近いのか、晃陽の太腿に何度も痙攣《けいれん》が走り、襞が射精をうながすようにぎゅうぎゅうとからみついてきた。

「っう」

皐もその締めつけを受けて、何度もうめきを漏らさずにはいられなかった。

イキそうになるのを、必死で耐えている状況だ。臀部に力がこもり、筋肉がガチガチになっている。そのせいで自分の中にある指の存在感も、より強く感じ取らずにはいられない。

「イクか？　俺の、目の前で。俺の晃陽の中で」

そんな三重野のつぶやきとともに、容赦《ようしゃ》なく奥まで指をねじこまれて掻き回された。その指が二本に増やされる。倍増した存在感を感じ取った瞬間、ぞくっと強い痺れが全身に広がり、その指を強く締めつけながら皐は絶頂へと一気に駆け上った。

「っあ！　……っう」

どく、どくっとかつてない勢いで弾ける。

「っく……」

射精の興奮に、頭が真っ白に灼ききれていた。

終わってからも、晃陽の中にあるペニスは、溶けたような甘い感覚をいつまでも宿らせたままだ。

三重野の指はすぐに抜かれたが、何もなくなった後孔もジンジンと甘ったるく疼く。

しばらくは晃陽から抜くこともできず、乱れた息を整えるだけだった。

そんな皐を現実に引き戻したのは、少し乱暴に硬質のものがテーブルに置かれる音だった。三重野がビデオカメラを置いたのだ。

今の醜態を全て記録されたという事実に、あらためて血が凍《こお》る。

——これで、……先輩に逆らうことができなくなった。

晃陽だけではなく、皐も生殺与奪権《せいさつよだつけん》を三重野に握られた。

それだけのものを撮影されてしまったのだ。三重野はこれを何に使うつもりなのだろう。自分の身の破滅《はめつ》がすぐそばまで迫っているという恐怖に、全身が震えてきた。肌がざわめき、何かが胸につかえて呼吸ができない。

どうにかのろのろと晃陽から離れたが、後ろ手に手錠をされていて、自分では着物の前を掻き合わせることもできなかった。

「恋人を寝取ったおまえを許さない。この償《つぐな》いは、どんな形でしてもらおうか」

三重野がビデオカメラからメモリを取り出しながら、言ってきた。

「……っ」

突きつけられた脅迫《きょうはく》に、言葉を失う。

晃陽だけは守ってやりたい思いがあってチラリと視線を向けると、気だるそうに後始末をしている最中だった。やはり気がかりなのか、晃陽と視線がからむ。

取り返しのつかないことをしたのは、わかっていた。

いくら興奮に我を失ったとはいえ、三重野の前で晃陽とセックスした。そのことで三重野にどれほどの怒りを向けられても、自業自得《じごうじとく》だ。

だが、三重野に対する慕情《ぼじょう》のようなものも、高校時代の思い出とともに色濃く残っていた。

――先輩が、悪人とは思えない。

だが、三重野の人格と、皐の不始末は無関係だ。いきなりあんな現場を見せられたら、どんな聖《せい》人《じん》だって頭に血が上るだろう。

ぼうっと立ちつくしている皐をしみじみと眺めてから、三重野が思い出したかのように皐の手錠を外した。そうしながらようやく何かを思いついたのか、畳に膝をついて皐を見上げながら言ってくる。

「そうだ。おまえが役に立つ状況があるのを思い出した。昔から、おまえは見てくれだけは綺麗だった。高校でも坊主にするのはもったいないと、さんざん噂されてたな。久しぶりに見ても、ぞくぞくするほどいい男だ。晃陽が骨抜きにされるのも、納得できる」

三重野のような姿のいい男に、自分の容姿を評価されても皮肉としか思えない。色が白く、どこか不健康そうな皐より、男っぽく理知的な三重野の外見のほうが、皐にとってはずっと好ましく思えているのだ。

ようやく手が自由になったので白衣の前を掻き合わせ、帯を締めていると、冷ややかな声が投げかけられた。

「男もイケるようだな。どこで覚えた、クソ坊主が」

「……っ」

そんな質問に、皐が答えられるはずがない。何もかも今回が初めてだった。だが、そんなことを今さら訴えてみても言い訳がましいだけだ。自分を恥じ入る気持ちが強くて言葉を失っていると、三重野はそんな皐を見据《みす》えながら言ってきた。

「駅前に、……国の医療研究センターを作る計画があるのは知ってるか？」

「檀家さんたちから、……一応、聞いておりますが」

どうしてここでセンターの話が出てくるのか、理解できずに戸惑《とまど》った。

三重野の眼差《まなざ》しは、まっすぐに皐に向けられている。

「それを誘致するために、どうしても口説き落としたい大物政治家がいてな。……そいつを懐柔《かいじゅう》できたら、有力な口利きをしてもらえるかもしれない。地元が潤《うるお》うし、晃陽のところにも多大な恩恵《おんけい》があるはずだ。おまえの寺の檀家たちにとっても、悪い話ではない」

「そうかも、……しれません」

だが、それと自分がどう関係するのか、いまだにわからないままだ。

悪意の滴《したた》るような笑みを、三重野が浮かべた。

「その大物政治家には、公言できない趣味がある。綺麗な男が好きなんだ。ちょうどおまえみたいな年頃の、どこか男を誘うような艶《つや》のある、切れ長の目をした日本っぽい美形がお好みだ。その仕事柄、絶対に口を割らないセックス相手を求めている。来月、こちらでその政治家を招いてのゴルフ接待があるから、その夜に二日ほど相手をしろ。そうすれば、医療研究センター誘致の口利きぐらい、ご機嫌でしてもらえるだろう」

「え……」

何を言い出すのかと、驚きのあまり言葉を失った。

誰かのセックスの相手を、自分がするなど考えられない。相手から望まれるとも思えない。

だが、どうして三重野がそのような無理難題を言い出したのか、理由だけはわかった。

――これは、罰なんだ。

恋人を寝取った皐への。皐を許せずにいるからこそ、だ。

「やるな？」

やんわりとした声に含まれた剝きだしの悪意に、身がすくむ。

三重野の口元は微笑んでいるのに、眼差しは冷ややかだった。憎《にく》まれていることを強く意識せずにはいられない。

横っ面《つら》を引っぱたかれたような衝撃《しょうげき》とともに、皐はごくりと生唾《なまつば》を飲んだ。

答えられずにいると、三重野はゆっくりと皐に近づいてくる。顎をつかまれて、無理やり顔を上げさせられた。

「おまえに拒否権はない」

宣言する三重野の声は、鞭《むち》のように鋭《するど》い。にらみつけてくる顔からは、憎しみしか読み取れない。その目は、強い意志に満ちていた。

「上手に接待できるように、この身体を調教してやろう。おまえが晃陽にしたのと同じように、政治家に尻を突き出して、犯されろ。二日でいい。上手に勤められれば、地元に利権が持たらされる。誘致できたら、俺はおまえを許してやる。晃陽とも別れてやろう。先ほど撮影した、映像のメモリも渡す」

ろくでもない交換条件に、全身が震えた。

そんなことできるはずがない。だが、受け入れたら、晃陽も自分も助かるはずだ。

──だが、……僧侶である私が。

「……捨てられたおまえを拾い、その年まで育ててくれた檀家衆に、それくらいの恩は返せ。住職を辞めるのならば、この任務を果たしてからだ」

三重野は皐の迷いすら見抜いている。

幼いころから皐を見守り、いずれはこの寺の住職になるように、学費や生活費を負担してくれた檀家に対する恩があるのは確かだ。

自分の中の戒律《かいりつ》を破ってしまった自分が、何食わぬ顔をして住職を続けることに迷いが生じていた。だが、三重野は辞めることも許さない。その前に、地元に利権をもたらせと命じてくる。

その言葉に従うしかないような気がして、皐はかすれた声で尋ねた。

「私は、何を……すれば……」

「そうだな。……週に三回、この離れに来い。今は指しか入らないが、晃陽なら男を受け入れるための方法を知っているはずだ。一ヶ月で、上手に接待できるように身体を作り変えろ」

「……っ」

三重野に指を入れられたときの衝撃が蘇る。

顔も知らない政治家に、犯されるという事実の重みがのしかかる。だが、それくらいのことをした。恋人を寝取られた三重野の怒りは、そうしないと治まらない。

しかし、まだその要求が本気だとは思えずにいた。

〔三〕

だが――。

「……っん、……ふ、ふ……」

皐の身体の奥で、指先ぐらいの太さのローターが暴《あば》れていた。

寺での仕事を終えてから、皐は週に三日、晃陽の離れに行く約束になった。基本は晃陽が皐の身体を慣らしていくが、たまに三重野が来て、どこまで開くようになったのか調べるということらしい。

指一本ですら違和感《いわかん》と痛みを訴える身体を、皐はじわじわと開かれていく。

初日はひたすら長い時間ローターを入れられて耐えさせられ、金曜日にはそれを二つに増やされた。

三回目の今日ともなると、そのローターを一回り大きなものに変えられ、その振動も複雑なものになっている。

自分で自由にローターを出せないようにと、皐の手は背中で手錠をかけられていた。太腿と膝を合わせて、足を閉じる形にくくられてもいる。着てきた着物はさして乱されないまま、和室に敷かれた客用の敷き布団の上に転がされた姿だ。腰のあたりには、ご丁寧《ていねい》にバスタオルまで敷かれている。

ローターを入れられてから、どれくらいの時間が経過したのかわからない。一日の勤めの後だからひどく疲れ切っていたが、こんなにも長時間横になっていても眠るどころではないのは、後孔のローターが絶えず振動しているためだろう。

「……っん……っ」

最初に入れられたときにはただ気持ち悪いだけだったというのに、その違和感や振動に慣らされ、だんだんと淫らな感覚が増していくのがいとわしい。

あの日から、一週間が経っていた。

三重野の怒りはまるで解けないのか、一度も顔を見せてはいない。晃陽はこんな形で皐の身体を調教することになったことを詫《わ》びてきたが、三重野と打ち合わせをしたというスケジュールは厳守《げんしゅ》せざるを得ないようだ。

他ならぬ晃陽に、自分のそのような姿をさらすことを恥じ入らずにはいられなかったが、これに耐えるしかない。そう思ってひたすら何も考えずにやりすごそうとしているのだが、じんわりと汗《あせ》が沸《わ》きだしてくる。

——だんだんと、……身体が、……反応するようになっている……。

それが、皐には信じられなかった。

たっぷり潤滑剤をまぶされたローターの奇妙な振動に、襞がひくつき出して、それを何度も締めつけてしまう。ぎゅうっと締めつけるたびに身体の芯《しん》のほうが甘く疼き、じわじわとペニスが熱くなっていくのがわかった。

その状態で放置されているうちに勃起《ぼっき》はもはやどうにもならない状態にまでなり、先端から溢《あふ》れ出した染みが、下着をどんどん濡《ぬ》らしていくのがわかる。

――早く、……終われ。……終わってくれ……。

前二回はローターを入れられて、一定時間それに耐えるだけですんだ。ひたすら腹を刺激されすぎた気分の悪さにふらつきながら、まともに晃陽と話すことなくこの離れから去ったはずだ。

だから、こんな熱は初めてだった。ローターなど体内に入れられていても、気持ちいいはずがないのに。

そのとき、晃陽が声をかけてきた。

「……つらい？」

和室に戻ってきた晃陽が頭のほうに座り、皐の頭を太腿に乗せてくれる。

苦しみを和らげようとするように優しく肩や頭を撫《な》でてくれたが、むしろ汗ばんで敏感《びんかん》になった身体にとっては、それは逆に体内の甘ったるさを増幅させるだけでしかなかった。

だが、そんなことを晃陽に伝えられるはずもなく、弾力《だんりょく》のある若々しい晃陽の太腿に、皐は顔を埋《うず》める。晃陽には背中を向けていたが、その体勢ゆえに下肢から伝わってくる刺激が、晃陽に指を入れられて掻き回されているような幻覚《げんかく》をもたらす。ローターを体内に押しこまれるときに感じた晃陽の指の記憶が、その幻覚にリアルさを与えるのかもしれない。その妄想《もうそう》がなかなか断ち切れない。

――最初のとき……。

三重野の前で晃陽とつながったとき、後孔に入れられた三重野の指に導かれて、かつてないほどの絶頂を味わった記憶が色濃く残っていた。その刷りこみのせいで、そこに指を入れられることを思い描いただけで、ローターをくわえこまされた襞がひくひくと蠢いてしまう。

丸めた腹のあたりで、熱くなったペニスがむず痒く感じられて、皐はかすかに身じろいだ。その動きによって、着物の下で尖《とが》っていた乳首がかすかに刺激される。そこも先ほどから痒くてたまらず、晃陽がいなかったら、そこを布団に思いきり擦《こす》りつけていたかもしれない。手足が縛られているために自由な動きができず、刺激がひたすら身体に蓄積《ちくせき》されていくような感覚があった。

「……ぁ……、は……」

いつしか、吐き出す吐息が恥ずかしいものに変わっていることに気づいて、皐は唇《くちびる》を噛《か》んだ。それに気づいたのか、晃陽が皐の頭部や肩を撫でるのを止めて囁く。

「もしかして、……気持ちよくなってる？」

「……っ」

自分の身体の状態を見抜かれて、びくっと全身が震えた。晃陽も、こんなふうな調教を誰かに受けたことがあるのだろうか。

だが、プライドがあった。こんなところを嬲《なぶ》られて、悦楽を覚えているなんて知られたくない。

「気持ち悪い、……だけだ」

皐はできるだけ冷ややかに言い捨てた。

中の感覚を、当初の気持ち悪いだけのものに戻したくてならない。だが、ずっとローターを入れられていた襞は柔らかく溶け落ち、締めつけるたびにブゥゥゥンと戻ってくる感覚は甘さを増すばかりだ。

感じれば感じるほど、より淫らな刺激が欲しくなる。ひたすら単調なローターの振動が焦《じ》れったくて、生殺しにされていくような感覚に陥る。

そこを指で掻き混ぜられたら、どれだけ気持ちいいだろうか。

そんな無意識の妄想に取りこまれていた皐は、晃陽の声にふっと我に返った。

「だけど、皐さんの身体。……すごく熱いよ」

皐の身体の状態を確認しようとするように、晃陽に肩をつかまれた。そのまま力をこめられて、布団に仰向《あおむ》けにされる。その姿勢を崩《くず》せずにいると、晃陽が皐の上に馬乗りになってきた。

「……っ」

組み敷かれたような体勢に視線を上げると、見下ろしてくる晃陽の目が楽しげに輝いている。墨染めの衣の帯を緩《ゆる》められ、白衣の白帯を抜かれ、衿《えり》を乱される。

こもっていた熱が服を乱されることによって発散され、少しだけ身体が冷えて楽になったが、不《ふ》穏《おん》な気配がある。もっと脱がせようとしてきた晃陽だったが、その下に着こんでいた半襦袢《はんじゅばん》に気づいたのか、ふと動きを止めた。

「何これ」

「何って、……ドライメッシュ……Tシャツ風、……半襦袢……だ」

Tシャツの衿の部分だけが、半襦袢の形になっているタイプだ。夏場はどうしても汗をかくから、涼しくて洗濯に適したものがいい。

「……にしたって、……色気ないよね」

Tシャツタイプのものを、胸元までたくし上げられる。

「でも皐さんなら、……どんなの着てても、……色っぽいかも」

「……っていうか、……何してる……？」

上に着ていた着物は手を背後で縛られているから完全に脱がされることはなく、はだけられるだけだ。だが、大きく前を開かれ、Tシャツ型の半襦袢も胸までめくられて、肋骨《ろっこつ》が軽く浮きあがった胸部をてのひらでなぞられる。晃陽の手に尖った乳首が引っかかった途端、びくんと身体が跳《は》ね上がった。

「っぁ！」

「今日は、ここを開発したげるね」

そんな言葉とともに、両てのひらを胸元に固定され、親指で乳首を引っかけられた。ぐりっとされるだけでも、びくんと腹筋が震える。

「すごい、尖ってる。……感じてる？」

親指の腹を乳首に乗せられ、触れるか触れないかぐらいの接触で、円を描くように転がされる。ほんのかすかな刺激でしかないはずなのに、やたらとぞくぞくしてならない。感じるたびに、体内のローターを締めつけてしまう。

びくびくと身体が震え、膝と太腿で縛られて一まとめにされた足にも力が入ったり抜けたりする。乳首の刺激に、皐は弱かった。

「そこ、……触るな」

上擦《うわず》りそうな声を必死で抑《おさ》えて言い放つと、申し訳なさそうに返される。

「ごめんね。ここを感じるように仕上げるのも、ぼくの役割なんだ」

「いいから……っ。そこ、やめなさい」

「だけど、……あんなところ見られちゃったから、……一浩には逆らえないんだ。明後日《あさって》には、どこまで皐さんが感じるようになったのか、直接確かめに来るって言うし。毎回、簡単な報告書を送らされてる。今日はあなたの感じるところを、開発しろって命令だから」

「そんなの、……守らなくて……いい……」

話している間も、晃陽は乳首の上でくるくると指を回転させ続ける。最初は触れるか触れないかぐらいの刺激だったというのに、だんだんとそこが尖っていくにつれて、指の刺激も強くなる。体内のローターからの刺激も、断ち切れない。

「……ぼくも、……皐さんの感じる顔、見たいし」

晃陽は甘えたように言うと、皐の胸元に顔を近づけた。熱い吐息《といき》が乳首にかかり、濡れた舌先で舐《な》められることを予想して全身に力がこもる。

「ツン」

だが、いきなり襲ってきたのは、痛みだった。頭の天辺《てっぺん》まで響くような刺激に、大きく全身が跳ね上がる。歯を立てられたのだ。

「つぁ、……ぁ……っ！」

反射的にその敏感な部分をかばおうとしたが、手首は背中で一つに拘束されていて肩が動いただけだった。ガチガチに硬直した皐の胸元に、また晃陽は顔を近づけてくる。

「痛かった？　ごめんね。だけど、最初に刺激しとけば、その後感じやすくなるから」

晃陽の口が開かれ、逃れようと身体が震える。だけど、次にそこに触れてきたのは、熱い舌だけだった。その小さな粒《つぶ》の弾力を楽しむように、唾液《だえき》を丹念《たんねん》にまぶされる。そのぬるぬるとした刺激はとらえようがなく、指で弄《いじ》られるのとは違って、腰が自然と浮きあがるような、得体の知れない甘さに惑《まど》わされていく。

「やめ……ろ……っ」

どんなに晃陽に言葉で訴えても無駄だということを、皐は次第に悟り始めていた。それでも言わずにいられないのは、こんなことを望んでいるわけではないのだと伝えたかったからだ。

赤ん坊のころから知っている可愛い弟のような晃陽に乳首を舐められているなんて、どういうふうに受け止めていいのかわからない。しかも、体内にあんなものを入れられて、振動させられているのだ。

「……っう」

晃陽の舌がその小さな粒の上で器用に蠢くたびに、襞が切なく疼く。ローターをくわえこんだ部分からじぃんと全身に広がっていく悦楽に、ペニスの先端からとろとろと蜜《みつ》が溢れ出すのがわかった。

悦楽に流されないように必死で唇を噛んでみたが、そんな努力を嘲笑《あざわら》うように、小さな乳首を絶え間なく刺激される。片方は口で、もう片方は指先でつままれて転がされる。晃陽の舌や指の動きには繊細な配慮が行き届いており、どんなふうに嬲ったら皐が感じるのか、それを探っては忠実に再現してくる。いくら乳首をしゃぶられても、その刺激に慣れるどころかますます尖って敏感になり、舌のざらつきまで感じ取れそうだった。

だが皐には、自分の身体の変化がいとわしくてならない。晃陽には、兄貴面していたい。自分のこんな姿を見られたくない。

——守りたい。晃陽を……。

そんな晃陽に、男を受け入れるための身体に作り変えられていくなんて皮肉《ひにく》でしかなかった。

なのに、ぬるぬると舌に乳首を転がされていると、その悦楽に押し流されそうだ。

乳首だけの刺激から小さな乳首の粒ごと、胸の色づいた部分をべろべろと大胆《だいたん》に舐め回される刺激に切り替わり、ますます腰が熱く疼く。乳首だけではなく、ペニスにも触れて欲しくてたまらなかった。そこも弄って、焦れったいほどに高まっている状態をどうにかして欲しい。そんな雄《おす》としての本能に、もぞもぞと腰が揺れてしまう。

「っは、……ぁ……は……っ」

だが、晃陽は皐の苦悩も知らぬ顔で、ひたすら乳首にばかり刺激を与え続けた。指と唇のポジションを変えられ、舐められて赤く濡れた乳首をきゅっ、と指先でつねられて、甘美な刺激にのけぞりそうになる。ぎゅうっと何度も指先でつねられながら反対側の乳首を細かく舐めずられていると、その緩急《かんきゅう》まじりの刺激に、乳首に意識が集中してしまう。

唾液を塗りつけるように動く淫らな舌の動きが脳を痺れさせ、硬い爪《つめ》の先でカリカリとなぞられるのがたまらなくなる。強めに吸われるときの痛みまじりの甘さにも弱くて、その後でたっぷりと唾液をからめて舐められると、腰が浮きあがりそうになった。自分が甘い吐息を漏らしているのを知りながらも、それを止めることもできず、いつ終わるとも知れない乳首への愛撫を長々と受け止めさせられる。

蓄積されるばかりの悦楽に、ガクガクと腰が痙攣し始めていた。

「も、……い、……よせ……っ」

このまま、乳首だけで絶頂まで追い上げられるのが怖くて、皐は正気を取り戻そうと首を振る。

嬲りつくされた乳首は、かつてないほど敏感になって突き出していた。唾液に濡れた乳首を無造作につまみ直されるだけで、狂《くる》おしい刺激にうめかずにはいられない。

「よせって、どうして？　皐さん、素質あるよ。乳首でこんなに感じるなんて。これからは、襦袢に擦れるたびに感じちゃうかも」

また軽く吸い上げられて、心臓の上でどくりと脈《みゃく》が弾けた。続けざまに何度も吸われ、それに混じるチリッとした痛みまじりの快感に硬直する。

――あ、……イク……っ！　イキ……そ……っ。

身体全体が、悦楽で埋めつくされていた。

ガチガチに張りつめたペニスは、爆発寸前だ。

手が自由だったら、すぐにでも自分でそこをしごいて、射精に導いていただろう。そうせずにはいられないほどの、切実な欲求が下腹で渦巻《うずま》いている。だが、何かに擦りつけることができないのは、腰を晃陽にまたがれているからだ。射精に導くためには、晃陽に頼まなければならない。

――だけど、……そんなこと、できない……っ！

皐は募《つの》るばかりの射精感をやりすごそうと、全身に力をこめた。だが、そうするたびに襞から送りこまれてくる機械的な振動が増幅されて、息を呑まずにはいられない。びくびくと、晃陽の下でのたうつことしかできない。

乱れきった呼吸をしながら、生理的な涙《なみだ》で濡れた目で晃陽を見上げると、楽しげな笑みが戻ってきた。

「もう、……イっちゃいそうだね、皐さん。そろそろ、乳首は切り上げようか。真っ赤になってきたし」

晃陽は執拗《しつよう》に嬲っていた乳首からようやく手を離し、皐の身体をうつ伏せにひっくり返した。一つにされた足を背後から支え、折り曲げて膝立ちにさせてくる。手は縛られており、上体を布団にべったりとつけて肩と頭だけで身体を支えた姿だ。尻だけを高々と突き出すような格好に狼狽《ろうばい》していると、晃陽は抱えこんだ腰にまとわりつく白衣を、背中が剝きだしになるほどにまくりあげた。

その恥ずかしさに、皐は硬直する。その狭間に、晃陽はあらためて手を伸ばしてきた。

「ローターの大きさに、……だいぶ慣れてきた？」

腰を抱えこんだ晃陽の視線を、足の間に感じている。

体内に大きめのローターを吞みこまされ、そのコードが足の狭間に伸びていた。コードの先についているコントローラーが、宙ぶらりんに揺れている。

「っう！」

狼狽した声が漏れたのは、思いがけないタイミングでコードを引っ張られ、体内にあったものが大きく動いたからだ。

反射的に引き止めるように中に力が入ったが、晃陽の指の力は緩まない。コードにたぐり寄せられて、ローターがゆっくりと出口のほうに移動していく。

その、抜かれるときの感覚に弱かった。

襞全体から伝わる奇妙な痺れが、ぞくぞくと腰から広がっていく。力を抜いていようと思うのに、抜き出される感覚に耐えられず、どうしてもそこに力がこもる。そのせいか、焦れったいほどゆっくりしか抜けてくれない。襞がローターの形に押し広げられるたびに、全身が粟立つような感覚が生み出された。それが嫌で早く逃れたいのに、どうにもならない。

ついに括約筋《かつやくきん》が内側から押し広げられて、ローターがくぷりと抜け落ちた。中に何もなくなった感覚にホッとする間もなく、またそれで入口を無造作に割り開かれる。さらに指の届く限界まで押し戻された。

「う……っ」

潤滑剤で濡れた襞に、ローターが滑《すべ》る感覚が異様な惑乱をもたらす。振動だけならまだしも、出し入れされる動きには到底慣れそうもない。

「だいぶ柔らかく溶けたね。そろそろ、もっと大きいのでもいけるかな」

独りごちるような晃陽の声とともに、またコードを引っ張られてローターを抜き出されていく。その繰り返しだ。二度、三度、四度……。

ひたすらそれに耐えているうちに、歯を食いしばることもできなくなり、だらしなく開けっ放しになった口から唾液が溢れた。

「ぁ、……ぁ、あ、あ……っ」

くぷり、と恥ずかしい音とともに、後孔がまたローターを完全に吐き出す。

だが、それで終わりではなく、逃げようとする腰を押さえこまれては執拗にローターを出し入れされた。特に刺激に弱いのは括約筋付近で、そこに含まされては抜かれるたびに、肌がざわついて泣き出したいような、逃げ出したいような体感に襲われる。

——嫌だ、……こんなの……!

これ以上、後孔を弄られるのは耐えがたかった。だが、絶頂近くまで押し上げられた身体は、指

やローターが突き立てられる不快感を片《かた》っ端《ぱし》から快感に変化させる。射精したくて、もどかしく腰が揺れる。

そのとき、奥まで含まされたローターが、強く引っ張られた。

「ひ…ぃ、……ぁ……っ」

奥から尾てい骨まで、痺れるような強烈《きょうれつ》な快感が抜ける。

「っひ、あ、ああ、あ、あ……」

その刺激に、力が入らなくなる。中を甘ったるく掻き回しながら抜け落ちていったローターの刺激に、あらがうことのできない快感がせり上がってくる。

「うぁ……ぁ、あ、あ……っ」

誘発されそうになって、びくびくと腰が揺れた。

「ひ、ぁ、あ、あ……っ」

だけど、イってはダメだ。必死になってやりすごそうとする。だが、とどめを刺《さ》そうとするかのように晃陽の指が中に突きこまれた。指だけでも弱いというのに、その長い指が皐の感じるところをぐりっとえぐりたてる。

それには今度こそ耐えることができず、腰で快感が弾けた。

「あっ！　あっ、あっ、あっ、あ……！」

気づいたときには、頭が真っ白になるほどの悦楽とともに、精液を吐き出していた。

ペニスに触れられずに、中だけでイったのは、それが初めてだ。

足の付け根が鈍《にぶ》く痛むし、中に何か入っているような感覚がずっとつきまとう。週に三日の調教が、皐の身体を後々までおかしくさせていた。

朝早くから寺の本堂で勤行を行いながらも、皐は自分の頭がいつものように晴明になっていかないのを感じていた。

お経をあげながらも、頭のどこかに昨日の記憶がまとわりついている。

昨夜《ゆうべ》はついに、三重野が姿を現した。

今でも、そのとき二人がかりで嬲られた異様な興奮《こうふん》が身体の奥底でくすぶったまま消えない。晃陽に細身のバイブで嬲られながら、三重野に口で奉仕する方法を教えこまれた。

大きすぎるものを最初は上手にしゃぶれずに咳《せき》こんでばかりだったが、射精するまで終わらせないと三重野に宣言され、皐も射精を許されることなく、ずっとくわえさせられた。

まだ顎に、違和感がある。

――私の身体も頭も、変になってる……。

その自覚があった。

おかしな淫夢《いんむ》の中に投げこまれ、ずっと目覚めずにいるようだ。僧侶である自分が身体での接待を強要され、そのために身体を開発させられているなんて、現実とは思えない。

だが、決められた曜日の夜になれば、皐は律儀《りちぎ》に晃陽の離れに向かっていた。命令に従わないと檀家に動画を見せると、三重野に脅《おど》されていたのが何より怖い。

だが苦悩は深く、今すぐにでも寺から逃げ出したい衝動に駆られることもあった。それでも、皐は晃陽を守らなければならない。自分が逃げたら、代わりに晃陽が何をさせられるかわからない。晃陽が三重野と綺麗に別れられるまで、見届けなければならない。

あんな不始末から始まったからこそ、三重野の怒りが治まるまでその言いつけに従うしかないと覚悟していた。自分の身体がだんだんと悦楽を蓄《たくわ》えるようになっていることから、目を背《そむ》けるしかない。

──にしても、このお土産《みやげ》はいったい……。

今朝、やって来た檀家が三重野から預かったと言って包みを持ってきた。それが、仏前に供《そな》えられている。

勤行の後で開封してみたが、入っていたのは三重野の自宅のそばにある、老舗《しにせ》の豆大福《まめだいふく》だった。学生時代やOBになってからも何度か部に差し入れしてもらった豆大福は、皐の大好物だ。塩が適度に利いていて、香ばしい豆やあんこもおいしい。自分がそれを好きだったことを、三重野は覚えていてくれたのだろうか。

──それとも、単にお供えもの……？

憎んでいるはずの自分に、このように好物を届ける三重野の心がつかめない。顔を合わせていたときには、ひたすら冷ややかで傲慢《ごうまん》な態度だったというのに。

この寺では、お供えものは本尊《ほんぞん》にお供えした後で、檀家の茶菓子《ちゃがし》としていただくことになっている。

日持ちしない品だから、早く食べたほうがいいだろう。朝ご飯代わりに、一ついただくことにした。

口に運ぶと、懐《なつ》かしい餅《もち》の感触が広がっていく。製造日より餅が少し硬くなるようだが、それでも十分においしい。

その味わいとともに、三重野にひたすら憧れていた日々が蘇る。

あのころから互いの距離が遠く隔《へだ》たってしまったことに、胸がトクンと痛みを訴えた。


晃陽の離れを訪ねて調教を受けるのも、これが五回目となっていた。

指よりも少し太いぐらいのシリコン製の異物が、皐の身体を絶えず揺さぶってくる。

今日も皐は、手首を背中で手錠で拘束され、僧衣を身につけていたが、足は一つに合わせて縛られるのではなく、膝を折り曲げられて、太腿とふくらはぎを合わせる形で縛られている。

「……っふ……、ぁ……っ」

和室の布団に転がされて、一定時間我慢させられていたが、どうしても身じろがずにはいられない。体内に入れられたバイブの振動が、だんだんと淫らに感じられるようになっている。それだけでも辛《つら》いのに、身じろいだ拍子にバイブが感じる部分に触れてしまい、そこからいくら外そうともがいてみてもうまくいかなかった。

振動が直接前立腺《ぜんりつせん》に響くようで、ぞくぞくと背筋が痺れる。必死になって耐えようとしたのに、前立腺直撃の振動に耐えきれず、マズいと思った次の瞬間には、押しこまれた硬いものを強く締めつけながら、ガクガクと腰をせり上げて絶頂に達していた。

「うぁ、……ぁ、あ、あ……あ……」

粗相《そそう》をしてしまったときのような後悔と、その逆の快感が下肢に満ちる。

中途半端に引き下ろされていた下着が生温かい精液で濡れ、それがゆっくりと冷えていくのを羞恥《しゅうち》の中で感じているしかなかった。

だが、中のバイブは抜かれることはなかったから、イったばかりの敏感な襞に容赦のない振動が襲いかかる。それには辟易《へきえき》した。

「っぁ、……やだ、……抜い……っぁ、あ、あ……っ」

誰もいないというのに、皐は狼狽して助けを求めずにはいられない。

だが、振動は途切れるどころか、逆にヘッドを振るような淫らな動きへと自動で切り替わった。

「っん、……ぁ、……ぁ、……ひ、ぁ、あ……っ」

へその奥を、ぐりっとえぐられる感覚に動揺する。必死になって強く締めつけて動きを止めようとしたが、イったばかりの襞は甘く溶けきっており、まるで力が入らない。

中途半端に締めつけることで、むしろより刺激を強く感じ取る羽目になる。やたらと感じる位置を、定間隔でバイブのヘッドに延々とえぐられるのが耐えられない。

「ひぁ、あ……ぁ、あ……ぁ、あ……」

えぐられるたびに、縛られた足がぱくぱくと大きく開いたり閉じたりして痙攣した。見えない何かに犯されているかのように、腰がうねる。のたうってうめいていると、少しずつバイブが体内から押し出されていく。

だが、あと少しで完全に抜けると思ったとき、深い位置までズンと押し戻された。

「う、あ！」

強烈に襲いかかった衝撃に顔を上げると、バイブの根元をつかんでいたのは晃陽だった。感じすぎて、その表情まで見定めることはできない。

「ダメだ……っ、……抜きなさい……っ」

「一度、イっちゃってるね。そんなにもこれ、気持ちいいのかな」

晃陽は粗相の様子を確認してから下着をさらに引き下ろし、膝に引っかけた。それから中の様子を確かめるようにバイブで掻き回してくる。機械的な動きとは違う予期せぬ刺激に腹をえぐられて、皐は息を詰めてやりすごすだけで精一杯《せいいっぱい》になる。感じるところを見つけられて、そこにバイブの先端を固定されると、強烈に襲いかかる刺激にガクガクと太腿が震えた。

「つぁ、……っ、抜いて、……ください……」

刺激の強さのあまり、涙ながらに力なく懇願《こんがん》するしかない。歯を食いしばることも、まともに呼吸することもできないぐらいに感じている。だが、晃陽は皐の顔を見下ろしたまま、柔らかく笑った。

「ごめんね。今日はもう少し、大きいのまで入れる予定なんだ。皐さんの中は狭いから、イった後じゃないと入らないだろうなって思ってたから、ちょうどよかった」

——もっと、太い、……もの……？

これで終わりではないと知らされて、愕然《がくぜん》とした。耐えがたくなって痙攣し始めると、晃陽は皐の中にずっと入れてあったものを抜き取り、見るからに大きめなバイブを押し当ててくる。

「力抜いて。……深呼吸《しんこきゅう》してね」

仰向けに組み敷かれ、拒《こば》めないように大きく膝を割られている。

「ひ、……ぁあ……っ！」

溶けきった襞を無理やり押し開かれ、さらに今まで届かなかった深い位置までそれがずるりと入ってくる。思わぬ深さまで異物に貫かれた恐怖に、拒もうと力がこもった。だがまともに力が入らない上に、それ以上の力で押しこまれる。

素材は先ほどまで入れられていたものと同じシリコン製かもしれないが、ひどく違和感を覚えたのは、それが大きいのに加えて、先のほうにだけやたらと突起《とっき》があったからだ。

自分を押し開いているものの形をリアルに思い描けてしまうほど、隙間もなく押し開かれていた。ひどくギチギチで、身じろぎもままならない。

「入ったね。……きつそうだけど、……痛くはないよね。しばらく、このままで我慢してくれる？」

バイブのスイッチが入れられるのと同時に、小刻みな振動が襞に襲いかかった。

「つぁ、……っぁ、……ん、ん……」

甘い痺れが、身体の奥からじんわりと引き出されていく。こんなにもいっぱいにされてきついというのに、それでも甘さを感じる自分が不思議でならない。

「そうだな。まずは五分。……できれば十分ぐらい、そのまま頑張って？」

晃陽はバイブから手を引いて、皐の様子を見守っていた。固定されてはいなかったが、中に入れられたものが大きすぎるせいで、しっかりはまりこんで抜けそうな気配はない。皐は意識してゆっくり呼吸することにした。その間にも、密着した襞から襲いかかる甘い振動が、ペニスまで痺れさせていく。

——こんなの、……嫌だ。

秘められた部分をバイブでえぐられ、振動させせられるだけで自分が感じるようになったことに、皐は嫌悪感を覚えずにはいられない。なのに悦楽はごまかしようがなく、身体の芯のほうまでぞわぞわと震えて、尿道口から蜜《みつ》が溢れる。その大きさにひたすら耐えるだけだった皐の胸元をあらためてはだけさせて、晃陽が顔を近づけてきた。

「ついでに、ここも可愛がってあげるね」

中を振動するもので深々と穿《うが》たれながら、晃陽に乳首を舐めずられる。キャンディのようにたっぷり転がされた後でちゅうと吸われると、腰がせり上がりそうな切なさがそこで弾けた。

入れられた当初はギチギチで隙間もなかったはずなのに、乳首を舐められながら振動させせられていると、感じるのに合わせて襞がひくつき出す。中が柔らかくなったころ、晃陽がバイブの根元をつかんで、ゆっくりと抜き出し始めた。

「つぁ、……つぁ、あ……ぁ……」

そのぞわぞわする悦楽に耐えていると、返す動きで深くまで突き立てられる。

襞の深い位置まで、容赦のない振動が戻ってきた。すぐに抜かれると思っていたのに、しばらく入れっぱなしにされる。

そうしながら、乳首の粒を歯の間に引っかけられた。くいくいと引っ張られ、乳首で感じすぎて襞がぞわぞわしてきたころ、またバイブを抜き出される。

その二カ所への快感の与えかたは絶妙すぎて、いくら感じまいとしていても皐の表情は甘く溶け、食いしばっているはずの口から唾液まで溢れ出すのを止めることができない。

太腿とふくらはぎを一つにする形で縛られているから、皐が足を動かせるのはそれを開くか閉じるかだけだ。晃陽の身体が割りこんでいて閉じることは許されないまま、そんなふうに足の自由を奪われていると、バイブで穿たれた部分ばかりに意識が集中してしまう。

「っう、あ……っ」

「だんだん、スムーズに動かせるようになってきたね。皐さんの中は、すごく柔軟性《じゅうなんせい》があるみたい。今日は徹底的《てっていてき》に、あなたに感じるところを覚えてもらおうか」

晃陽の操るバイブが、襞を探りながら深くまで突き立てられていく。それがとある部分をえぐったとき、身体の芯まで電撃《でんげき》を受けたような痺れが突き抜けた。

「っひぁ！　……っあ、あ、あ……！」

身体が大きくのけぞる。どうにかバイブの先端をそこから外したくて、がむしゃらに腰を振った。ただそこにあるだけで、全身が蠢いてしまうようなざわつきが何度も駆け抜ける。

「ここ、だよね」

その存在については、以前から気づいていた。

自分をおかしくさせるポイントだ。バイブの振動が切り替えられ、ヘッドを振る形にされる。それを感じる位置に押しつけられると、快楽神経を内側から直接こねくり回されているような悦楽に晒《さら》される。口が開きっぱなしになり、意識が吹《ふ》き飛びそうだ。

「ぁ、あ、あ、あ……、……イク……っ」

腰がせり上がり、絶頂のための準備が全身で始まる。バイブを出し入れする動きは止まっていたが、感じるところに当たるようにバイブの先端が押しつけられ、その回転する突起で容赦なくえぐられ続けていてはどうにもならない。だが、その寸前に脈打つペニスをつかまれ、透明な蜜を溢れさせている尿道口に何かが押しこまれた。

「っひ……！」

今にも精液を吐き出しそうな尿道を何か細長い異物で貫かれる痛みに、身体がすくみあがる。

何を入れられたのかわからなかったが、深くまで押しこんだものをゆっくりと尿道から抜かれるときに、おぼろげながらその形を認識した。細い棒《ぼう》か、管《くだ》のようなものだ。抜かれるのに合わせて精液か尿が溢れ出す感覚があった。だが、慣れない体感に身体が硬直して射精にまで至らぬうちに、尿道にまた何かが押し戻された。

「っ、……それ……やめ…て…っ」

「だったら、入れっぱなしにしとく？」

根元までそれで貫いてから、晃陽はペニス全体を大きな手で握りこんだ。体内のバイブからの振動がその手のあるところまで伝わり、尿道の粘膜まで小刻みに揺らされているようだった。

イキたくてたまらないのに、そんなふうに物理的に塞がれてはイクことができない。それでもペニスが熱くてたまらず、晃陽の身体に擦りつけるように腰を動かしてしまう。

「ダメだよ、まだイカせない。今回は、我慢することも覚えようね」

乳首が晃陽の指でつままれ、きつくつねられた。

快感が弾けて、上体が跳ね上がる。ピンと弾かれ、きゅっと引っ張られるのは、いつもの晃陽よりもずっと乱暴な刺激だったが、高まった身体はそれを次々と快感へと塗《ぬ》り替えていく。

「あ、……ぁあ、あ……ぁ、あ……っ、ダメ、だ……イク……っ」

体内をバイブでえぐられながら尿道を何かで貫かれ、乳首も弄られ続ける。全身に襲いかかる快感は、もはや皐の許容範囲を越えていた。

「……っう、……ぁ、あ……」

涙と涎《よだれ》を溢れさせ、出すに出せない精液の苦しさと悦楽にのたうつ皐の顎を、晃陽がそっとつかんだ。皐の頬を両手ですくいあげながら胸元にまたがり、取り出した自分のペニスを顔に押しつけてきた。

「ぼくのにも、……して」

不穏に響く声に、皐は固く閉じていた目を開けた。

週末に悦楽に喘がされながら三重野のものをくわえこんだ自分の姿を、晃陽がずっと眺めていたのを知っている。その目が不穏に輝いていたことも。そのときの三重野と同じことをさせるつもりだろうか。

「でき……な……っ」

晃陽のものがどうこうではなく、下半身に与えられている刺激が強すぎて、それどころではないのだ。早く射精させて欲しい。そうしないと、どうにかなってしまう。目の焦点《しょうてん》を合わせるのも困難なほど、限界まで追い詰められていた。入れっぱなしにされたバイブが前立腺をえぐるたびに、イっているような感覚にまで陥る。

「どうして？　できるよね。我慢することを覚えようって言ったでしょ」

その声の優しい響きとは裏腹に、晃陽は強引だった。指で歯列をこじ開けられ、口の中に突っこまれる。それから顎が閉じられないように頬をつかまれ、顔をまたがれて喉の奥まで押しこまれた。

「ぐ、ふ……っ」

舌がもつれて、奉仕どころか呼吸するのもやっとだ。そんな皐を何かに憑かれたような目で見下ろしながら、晃陽がゆっくりと腰を動かし始めた。

そのたびに唾液が溢れ、口から変な音がした。

「歯は立てないでね。何もしなくていいから、ただ口開いてて。ああ、……皐さんの口、気持ちい……」

苦しいのと下半身の痺れに、意識が飛び始める。

バイブが乱暴なほど下肢を掻き回してくるのに合わせて、全身に鳥肌が立った。イクのを我慢するのがやっとで、晃陽のものに歯を立てないでいるのが難しい。

「……皐さん、……イキそ……でしょ。……ぼくも……っ」

皐の頭を抱えこんで、晃陽が腰の速度を上げる。皐に舌の使い方やペニスの舐めかたを教える意味あいが強かった三重野への口淫とは違って、晃陽の行為からは剝きだしの独占欲が感じられた。だからこそ、こんなにも乱れてしまうのかもしれない。後孔で感じる姿など、見せたくはないのに。

「皐……さん。……ごめん……ね」

容赦できないらしい腰の動きを詫びられ、優しく頬をなぞられた。そんな晃陽につられるように、三重野に教えられた通りに自分から吸い上げると、喉奥から広がる快感が暴力的なほどに全身を支配し、頭の中が真っ白に灼きされた。

「っふ、ぁ……っ！」

物理的に塞がれて射精できないはずなのに、イったように腰が大きく跳ね上がって痙攣が止まらなくなった。


「ドライでイったんだね」

強すぎる絶頂の余韻《よいん》に放心していた皐の足の紐《ひも》を解《ほど》き、手首の手錠を外してから、晃陽は尿道に押しこまれた棒を慎重に抜いてくれた。からみつく粘膜を刺激されるぞくりとした感覚の後で、一瞬遅れて、中からとろとろと精液が溢れ出す。

あんなふうに塞がれていたのに、自分はイったのだろうか。

そんなことをぼんやりと考えながらも、目を閉じる。そんな皐の瞼《まぶた》に、晃陽がそっと口づけた。

「どんどん、覚えてく。……皐さんの身体」

自分の身体が、信じられないほど急速に変化していた。そこは排泄孔《はいせつこう》というよりは性器として作り変えられつつあったし、今日は尿道にもあのような感覚が潜んでいることを思い知らされた。そのことに激しい羞恥を覚えていたが、何も反応できないほどくたくたに疲れ切っている。

全身が鉛《なまり》のように重かった。

「今日は、……ここまでにしようか」

晃陽が皐の身体を簡単に清めてから、立ち上がった。

「先にシャワー浴びるね。皐さんも、後でシャワー浴びてね」

そんな言葉を聞くころには、ほとんど眠りの中にあった。

そのまましばらくうとうとしてから、ふと皐は喉の渇きを覚えて目を覚ました。あれからどれくらい経ったのだろう。まだ部屋には灯りがついていたが、シャワーの音は聞こえてこない。

喉の強い渇《かわ》きを覚えて見回すと、寝かされていた布団の横に追いやられた座卓の上に、麦茶のペットボトルが置かれているのに気づいた。びっしりと水滴《すいてき》がついたそれが欲しくて、皐は立ち上がろうとした。

だが、それだけの動きすらまともにできない。

腰から下が、別人のようだった。立つのは諦《あきら》めて、這うようにして布団の上を移動し、どうにかペットボトルをつかんで、寝っ転がったまま飲む。

喉の渇きが癒《い》えると、仰向けに転がったまま放心することしかできなかった。

日々、得られる悦楽が大きくなっていくことに、恐怖しか覚えない。こんなことを続けられていたら、自分はいったいどうなってしまうのだろう。

――考えたくない。

このまま三重野の怒りを解くことができなかったら、この先に待っているのはこの身体で接待することだ。

生身のペニスを、我が身で受け入れることを想像しただけで、ぞくりと震えが広がった。それは嫌悪することでしかないはずなのに、どこか危険な誘惑《ゆうわく》を孕《はら》んでいるのはどうしてなのだろう。

自分はすでに、そこの感覚が悦楽につながることを知ってしまった。

――だけど、……嫌だ。

見知らぬ男に犯されると考えただけでも、全身が冷たくなる。そんなことになる前に三重野をなだめ、その企《たくら》みを断念させなければならない。

――だけど、どうすれば。

前回、顔を合わせた三重野は、まるっきり交渉《こうしょう》の余地を見せなかった。晃陽を寝取った皐に対して、激しい怒りを抱いているのがわかる。

「……っ」

そのとき、玄関の横開きのガラス戸が開閉する音がした。カラカラカラと、独特の音が聞こえる。動かずに固まったまま誰かが入ってくるのを待っているしかなかったが、皐の寝転ぶ和室に入ってきたのは、コンビニ袋をぶら下げた晃陽だった。

皐を見るとにこやかに笑って、布団の横に座りこむ。

「皐さん、寝てたから、ちょっと出てきたんだけど。お腹空《す》いてさ。何か食べる？」

「いや、いい」

空腹だったが、おそらく真夜中だ。さすがにこんな遅い時間に食事をとる気にはなれない。

「だったら、ぼくだけ食べるね。アイスだけでもどう？」

「いや」

「そう」

晃陽はアイスクリームや飲み物を冷蔵庫にしまってから、買ってきた菓子パンの袋を持って戻ってきた。部屋の端に置かれた座卓の前で食べ始める。

そんな姿を、皐はぼんやり眺めていた。暑かったが、さすがに情事の後も裸《はだか》を晒すのは抵抗があって、タオルケットだけ下半身にかけてある。

——若いな……。

旺盛《おうせい》な食欲に、まだ成長途中の薄い身体。

晃陽に今日、どれだけ乱されたのかを思い描いてしまう。幼かったはずの晃陽は、日々、逞《たくま》しく成長していく。

天井を眺め、それから照明に視線を移してから、ため息とともに告げた。

「すまないな。もともとは、おまえを先輩から解放しようとしていたはずなのに、こんなことになって……。おまえの時間を奪って、勉強の妨《さまた》げになるだろ」

どうしたらこの泥沼《どろぬま》から逃れられるのか、わからないままだ。

「ぼくのほうこそ、ごめん。皐さんまで、こんな形で巻きこんで」

「先輩は、……諦めるつもりはないんだろうか」

またため息が漏れた。

三重野のことを思い出すと、彼のものをくわえさせられたときの感覚が鮮明に蘇る。屈辱と悦楽に脳が灼けた。自分の身体が、あのときどれだけ淫らな感覚を生み出したのか、思い出す。

「どうにか、……止めさせる方法はないかな」

晃陽の前で弱音《よわね》を吐くつもりはなかった。

だが、ひどく疲れているせいもあって、自制心が脆《もろ》くなっているのがわかる。

善良な檀家をこんな形で裏切っているのが、苦しくてならなかった。住職さんと呼びかけられるたびに、笑顔が強張《こわば》る。檀家が境内《けいだい》の掃除をしたり、いろいろ手伝ってくれる姿を見るたびに、彼らを裏切っている罪悪感にいたたまれなくなる。

何より苦しいのは、こんなことをさせられて感じてしまう自分の淫乱な身体だった。

だけど行為の後で労《いたわ》るように晃陽に抱きしめられると、若々しい身体の温もりに全身の力が抜け、ずっとこのままでいたいなどと考えることもあった。晃陽は慣れない皐の身体を労り、苦痛をできるだけ取り去って、快感だけを与えようとしているようだ。

皐の身体をバイブで貫きながら、晃陽が熱っぽく自分を凝視しているのを何度も見た。

本当はバイブなどではなく、自分のものを入れてみたいと願っているような眼差しだ。いつかその熱に、自分は囚われてしまうのではないだろうか。

日を開けず嬲られているせいで、身体の熱も心の熱もずっと冷めない。

晃陽に労るように抱きしめられ、口づけられるたびに、その熱がずっと残って、皐の心臓を包みこむ。

だけど、晃陽には醜態《しゅうたい》ばかり見られているようだった。

助けるつもりで、こんなことになった。わざわざ自分に相談を持ちかけてくれたというのに、その悩みを解消するどころか、逆に足を引っ張る始末だった。

そんな自分のことを労ってくれる晃陽に対しての申し訳なさが募って、皐は両手で顔を覆った。

「私は、……自分のことがあまり好きではないんだ。人見知りで、……あまり上手に話ができないし、人と一緒にいること自体、苦手で。……本当は晃陽みたいに、屈託《くったく》なく人と話して、素直に接してみたい。だからどうして晃陽が私のことを特別に思ってくれているのか、理解できない」

自信を完全に喪失《そうしつ》していた。

檀家や養父の望みをかなえるために、住職になろうと努力してきた。なのに、早々に秘密を抱えることになってしまった。そんな自分を、皐自身が許せない。

「ぼくが皐さんの中で、好きなところ知ってる？」

顔を覆った手をどけると、晃陽が柔らかく微笑んでいた。

「皐さんの、そんなふうに不器用なところ。説法は下手で、理屈《りくつ》っぽくて、正直退屈なんだけど、すごく真面目だって伝わってくる。ぼくが地獄《じごく》に落ちても、皐さんなら救いに来てくれるだろうなって思えるんだ。檀家さんから言われたことを何一つ聞き流すことなく、誠実に取り組んでくれるし、そんなところを、檀家さんたちは評価してるんだよ」

自分の悪いところばかりが見えていただけに、そんなふうに言われると、不覚にも涙腺《るいせん》が緩みそうになった。泣き顔を見せたくなくて、皐はぎゅっと目を閉じる。

――私は、養父の足元にも及《およ》ばない。

いつでも穏やかで、頼りがいのある住職だった。それに引き替え自分は未熟で、人付き合いが下手で、檀家にいつ見捨てられるかという不安ばかり抱えている。

「それとね、特にぼくが好きなのは、墨染めの法衣が似合って、キスがぎこちないところ。それに掃除好きで、びっくりするほど物持ちがいいでしょ。小学校のときのペンケースをいまだに使ってるのを見て、びっくりしたよ。そんな皐さんを見てると、優しくしたくなる。大好きだって気持ちを伝えたいし、皐さんに好きになってもらえたら、一生大切にしてもらえそうで」

そんなふうに思われているとは知らなかった。

告白を受けて、胸に熱い甘いものが広がっていく。その気持ちを受け止めたかった。それでも返事ができないのは、自分が僧侶だからだ。

そんなためらいを感じ取ったのか、晃陽が熱っぽく言葉を重ねてきた。

「男同士だからいけないと思う？　でも、お坊さんでも、結婚して子供作るんでしょ？　だったら、誰を好きになっても、セックスしてもいいはず」

「そんなことになったら、……檀家さんに顔向けできない」

その返事に、晃陽は大人っぽく笑った。

「あなたが恥ずかしいって思うのは、檀家さんじゃなくて、自分自身に対してだよね。男を好きになる自分が認められなくて、恥ずかしいって思ってるんだ」

ストレートに切りこまれて、皐は息を呑んだ。

「それと、抱かれる自分のことを、恥ずかしいって思ってる。……抱くのならまだマシなの？」

晃陽の目が、真実を見抜こうとするように皐を見据えていた。

若さゆえの、容赦のない切り返しに打ちのめされそうになる。自分の中にあるずるさを剔きだしにされたようで、息ができない。

疲れ切っているのか自制心が働かず、じわりと涙がにじんだ。今はまだ逃げることしか考えられない。皐は再び、目元を隠すために手を上げた。

「すまない。……私は、……おまえの気持ちを受け止められない。逃げ出したいと思ってる、ずっと。こんなのは、嫌なんだ」

「謝らないで、皐さん」

身を寄せてきた晃陽にそっと抱きしめられ、慰めるように目尻ににじんだ涙を唇で拭われる。そんなふうにされると、自分のずるさを受け入れて許してもらえたようで、全てを託《たく》してしまいたくなる。

「ぼくも、ずるいんだ。皐さんをこんなにも困らせているのがわかってるのに、好きな気持ちを捨てられないんだから」

からかうように言われ、ゆっくりとした仕草で唇を重ねられて、皐の全身から力が抜けていく。晃陽とこんなふうにキスをすると、求めていたものを与えられたような気分になる。こんな救いようのない境遇に堕《お》とされたというのに、それでもどうにか耐えられているのは、相手が晃陽だからだ。

――晃陽と抱き合っていると、……温かい……。

それに三重野のことを思うと、涙が止まらなくなる。

自分が苦しいのか、嬉《うれ》しいのか、どうしたいのか、わからなかった。

少しずつ、日が過ぎていく。

九月も十日を過ぎたが、まだまだ残暑は厳しく、一日の勤めを終えると、皐はクタクタになる。

晃陽の大学はまだ始まっていないらしく、今日もバイブで乱れる姿をじっくり見られている。

「……っ」

太腿が痙攣し始め、腰がガクガクと震え、声を殺して放つところまで全部見られる。

ぎゅうぎゅうとバイブを締めつけながら、中だけの刺激で昇りつめたときの悦楽は独特で深く、腰がだるくて力が入らなくなる。

「……っあ……」

ゆっくりとバイブを抜き取られていく感覚をやりすごして、皐は大きく息を吐いた。

長時間入れられていただけに、体内にぽっかり穴が空いたままのような感覚がある。

これで今日は解放されると思っていたのに、晃陽は抜いたバイブを脇に置いてから、覆い被さるように頬を寄せてきた。

「このまま、……いい?」

何のことだかわからなかった。気だるさに返事もできずにいると、口づけするほどすぐそばから告げられる。

「ぼくの、……入れたい。皐さんの中に」

その言葉に、鼓動《こどう》が大きく乱れた。

バイブで乱れる自分を凝視する晃陽の目の中に、以前から隠しきれない熱を読み取っていた。その視線に炙《あぶ》られて、より乱れてしまったような感覚がある。だが、自分は男だという自覚があった。

犯されることがあったら、世界が逆転してしまいそうな恐怖を感じている。

しかし、バイブを繰り返し挿入されて中の快感を知ってしまった今、皐の中で大きく揺らいでいるものがあった。

——だけど、ダメだ。

せめてもの矜持《きょうじ》がある。晃陽のことを好きだからこそ、一定のラインは保っておきたい。

バイブで穿たれながら、晃陽にされているような感覚がつきまとっていた。今、それが現実になったら、自分の中の何かが大きく変わってしまいそうだった。

「やめて、くれ……」

そう言って断ろうとした皐の唇に、晃陽が何度も口づけた。

「ぼくのなら、……そろそろ入るはずだよ。……皐さんと、……したい。他の男に、奪われるより前に」

その切実そうなつぶやきに、不安が広がる。

他の男というのは三重野を指すのか、接待する相手を指すのかわからない。

だけど、気持ちは理解できるような気がした。

晃陽とかけがえのない絆《きずな》を結びたい気持ちは、皐にもある。誰かに犯されるのが避けられないというのなら、最初の相手は晃陽がいい。

それでも、心理的に抵抗があった。誰の心も受け入れないと決めているからだ。肉体的にも皐の身体はまだ開ききっておらず、指でも痛いことがある。

「ぼくのは、そんなに太くないから」

口説くように言われて、皐は顔を背けた。

「ダメだ」

そういう問題ではない。

「試してみよ？　無理だったら、すぐに止めるから」

晃陽はもはや、引くつもりはないようだ。囁きながら皐の足を割り、その奥に手を伸ばしてくる。無理やり逃れようにも、いつものように皐の手は背後で縛られ、膝を折らされて太腿とふくらはぎを一つにする形に縛られたままだ。

たっぷりとバイブでほぐされた部分に中指を入れられ、中をぐるりと掻き回されただけで、息を呑むような甘ったるい快感が広がった。すでに身体の準備はできている。しかし、心理的な抵抗が強い。

「いい？」

膝で腿を固定され、取り出したペニスにたっぷりと潤滑剤をからめてしごきながら、晃陽が断ることを許さないという調子で囁いた。

「……優しくするから」

こんなときの晃陽は、若い雄そのものだ。

いずれ、意志を突き通してくることを覚悟せずにはいられなかった。三重野はまるっきり強硬《きょうこう》な態度を崩《くず》そうとはしないから、いずれは誰かに犯される。

――だったら……。

それでも答えられずにいると、じっと顔をのぞきこまれる。

「いいよね。皐さん……。ぼくのものになって」

返事ができずにいると、両足の付け根をつかまれて、その狭間に先端を擦りつけられる。さんざんバイブでほぐされていたそこは、くぷりとそれを呑みこめそうなほど溶けきっていた。

「……っ」

焦らすように切っ先を擦りつけられて、身体がぞくぞくと溶け落ちそうになる。

ひくりとそこが蠢いた次の瞬間、晃陽が一気にそれを突き立てた。異物を入れられることに慣らされてはいたものの、シリコンと生身はまるで違う。その瞬間に感じたのは、生き物の持つ圧倒的な熱と硬さだ。弾力を持つそれが、自分の中に強引に入りこんでくる。

「っひ……っ」

初めて生身の男に貫かれた悦楽に、皐はうめいた。

その熱に身体を内側から灼きつくされそうな気がして腰を引こうとしたが、それはかなわず、さらに奥までねじこまれる。さんざん慣らされていたせいか痛みは感じられず、その違和感に戸惑って締めつけるたびに晃陽のものが体内で脈打つのが伝わってきた。

「っう、……ぁ……っ」

異物を入れられたときに感じる当初の不快な感じはなく、生体の熱と硬さが皐の神経を狂わせていく。

苦しさと圧迫感もあったが、その脈動を直接体内で感じるたびに、異様な興奮状態に陥っていくようだった。

ただ貫かれているだけでも、全身の血が沸騰《ふっとう》したように感じられた。

根元まで貫いた後で、ずる、と中で擦れる感覚を嫌というほど思い知らせながら、晃陽のものが抜かれていく。皐を抱く晃陽の全身に力が入ったかと思うと、また一気に根元まで押しこまれた。

「ひぁ、……う、あ……あ……っ」

予測していた位置よりもずっと深く、しかも太い。体内にある晃陽の存在感に支配されて、ただなすがままに喘ぐしかない。感覚のない奥まで貫かれ、抜き取られ、また貫かれた。

「っく、……ん、……ぁ、……ゆっくり……」

そう訴えなければならないほど、ペニスからの刺激は強烈だった。入れられているだけで、ここまでおかしくなる自分が信じられない。爪先まで、全て悦楽に満たされている。

ガクガクと勝手に震える手足の反応も抑えきれない。

「ひ、あぁ、あ……っ」

「可愛いね。……そんなに、……ぼくで感じてるんだ、皐さん。もっと感じて。……いっぱい感じて、おかしくなって」

晃陽が皐の中の快感を掘り起こそうとするようにペニスを突き立てるたびに、悦楽に全てが呑みこまれる。すっかり覚えさせられた感じる位置を先端で探られると、頭が真っ白になった。

怖いのは、心まで作り変えられてしまうことだ。こんな行為を僧侶として望んではいけないはずなのに、身体は浅ましく次の悦楽を欲しがってしまう。

晃陽は皐が中の大きさに慣れてきたのを知ると、胸元に片手を伸ばし、尖った乳首を指先であやすように弄りながら、少しずつ腰の動きを速めた。

「ぁ、……ぁ、あ……っぁ……」

腹の中全体を大きなもので擦り上げられて、感じすぎて涙が溢れる。そんな顔を熱っぽく見下ろしながら、晃陽が囁いた。

「ごめんね。……皐さん」

だけど、晃陽の腰の勢いは増すばかりだ。

長い時間嬲られてすっかり溶けた皐の中は、その凹凸にえぐられるたびに悦楽を覚える。

バイブを入れられている間、ずっと中が疼いていた。その持てあますほどの熱さをどうしたら解消できるのかわからずにいたのに、今さらながら自分の身体が何を本能的に欲していたのかがわかる。この熱と硬さだ。晃陽のものに貫かれるたびに、そこからの疼きが身体を溶かし、餓《う》えのようなものがその一瞬だけ治まった。

犯されるのは初めてだというのに、生身のペニスに容赦なく中をえぐられるときの、この強制的な悦楽を次から次へと本能が欲しがる。

「皐さん、すごく感じてるね。……大好き。……もっとぼくで感じて。……ずっと、こうしたかった。……こうして犯すことばかり、考えてた」

「ひ、……ぁ、あ、あ……っ」

ますます晃陽の動きが、勢いを増していく。

大きく開かされた足の奥に一気に撃《う》ちこまれると、深すぎる挿入感に息を呑むことしかできない。どんなに締めつけても、晃陽のものの硬さと大きさは、軽減しなかった。ぐずぐずに溶けた襞をその硬いもので掻き回され、乳首を指先や唇で嬲られると、皐の身体はますます貪欲《どんよく》に悦楽を求めてしまう。

「皐さんの中、……すごく蠢いてる。……気持ちいい」

晃陽は絶え間なく動きながら、皐の襞の動きも感じ取っているようだった。

その言葉を否定したくて首を振ると、くくっと笑って動きを止められる。晃陽が息を整えている間にも、襞がひくりひくりとからみついていくのがわかる。疼きまくるそこにもっと刺激が欲しくて、ねだるように腰が揺れた。

「そんなにも、ぼくのこと、欲しい？」

のけぞった喉に嚙みつかれながら言われたが、腰の動きは再開されない。理性はわずかしか残っておらず、中の焦れったさに耐えかねて、かすかにうなずくしかなかった。

それでも動かされないもどかしさに、たまらずせり上げるように腰を揺らすと、ご褒美《ほうび》のように奥までパンと突き上げられた。その痺れに打ちのめされる。その直後に膝をつかまれ、腰を浮かす格好にされて、焦らされることなく真上から体重をこめた突き上げを受けた。

先ほどまでとは、比較にならない激しい動きだった。

「ひ、……ぁ、あ、あ……」

晃陽のもので襞の隅々まで擦りたてられる。悦楽の渦《うず》に熱を打ちこまれる。

「そんなに、……気持ちいい？」

我を忘れて貪《むさぼ》っていると、晃陽に囁かれた。

「……苦しい……っ、だけだ」

自分が感じているのを認めたくなくて言うと、晃陽が笑った。

「嘘だよね。……深いの、……大好きなくせに。ぎゅうぎゅう、締めつけてくる。それに、ここだよね、皐さんの弱いとこ。かすめるだけでも、すごく締めつけるよ」

奥まで押しこまれてから、切っ先で探るように深い部分を刺激される。その感触に、ざわりと鳥肌が立った。

「あっ……、抜いて……」

「ダメだよ。……気持ちいいって、……皐さんが正直に、言うまでは」

執拗にそこにぐりぐりと切っ先を擦りつけられて、全身の感覚がおかしくなっていく。

頭が悦楽に灼ききれそうになり、太腿がガクガクと震えた。そこに狙《ねら》いをすませて突き上げられると、腰が溶けるほどの波が襲いかかる。

「ねえ、ここが擦れるたびに、皐さんの中がぎゅうぎゅう、締めつけてくるよ」

晃陽の顔は、そのまま胸元へと下がっていく。

「乳首も真っ赤だよ。……ここも好きだよね。皐さんの身体は、嘘がつけない」

ざらついた舌で乳首を舐めずられ、歯で挟んで引っ張られると、もがくように腰が揺れた。もはや何も考えられないほど、甘ったるい喘ぎしか漏らすことができない。

「一浩よりも、……ぼくのほうが……気持ちよくできるはず。皐さんのここに、ぴったりの大きさ」

そんな言葉とともに、晃陽がクライマックスの動きに入った。

「ぁ、……ぁ、あ……っ」

揺らされながら見上げた晃陽は、雄としての荒々しさに満ちていた。可愛い弟として見ていた晃陽とは、まるで違う。けれど、その若々しい姿に見とれた。汗まで綺麗で、目が離せない。

深くまで押しこまれ、乳首に歯を立てられた瞬間、皐の全身に痺れが広がった。ガクガクと下半身が痙攣し、晃陽とタイミングを合わせて昇りつめていく。

「あ、……イク……、あっ、あ、あ！」

「ぼく、も」

達しながら、晃陽の精が中に注《そそ》ぎこまれてくるのがわかった。その熱さに灼かれて、なおもドクンと脈が弾ける。犯されたことで、自分が普通の男性とは別の存在になってしまったような、理由もない恐怖が広がる。

——晃陽の、……ものにされた……。

だけど、呼吸すら奪うほどに唇を奪われると、その甘ったるさを受け止めるだけでやっとだった。

〔四〕

学生時代の、夢を見ていた。

皐《さつき》が剣道部《けんどうぶ》だったときの夢だ。進学校だったから、三年生はだいたい夏休み前後に引退することが多い。だが、成績優秀だった三重野《みえの》は有名大学への推薦《すいせん》が内定していたらしく、夏休みが終わるまで主将《しゅしょう》を続けていた。

——だから、……夏合宿のときにも、……先輩《せんぱい》がいた……。

体育会系の部活だから上下関係は厳《きび》しかったが、三重野が無駄《むだ》に威張《いば》り散らすようなことは一度もなかった。それでも、三重野が姿を現すと、道場の雰囲気《ふんいき》はピリリと引き締まった。

——余裕があって、自分よりも他人を優先させる人だった……。

夏合宿のときに休憩《きゅうけい》になって、一年生だった皐たちが飲み物を配りに行った。誰よりも動いて指示を出していた三重野は、面《めん》を外《はず》しても涼《すず》しい顔だった。

道場の端《はし》で暑さにぐったりとへばっている二年生や一年生を示して、「あいつらのほうから、先に配ってやれ」とまで言っていたのだ。

——それに、食事のときも。

皐はつらつらと思い出す。

他の部員が満足するまで食べたのを確認してから、自分もおかわりする人だった。公明正大《こうめいせいだい》で凜《りん》とした雰囲気を漂《ただよ》わせる三重野に憧《あこが》れる後輩は、大勢いたはずだ。

もちろん、皐もその一人だった。

――三重野先輩に憧れて、……剣道部に入った……。

一年生相手の部活の紹介のとき、大勢の前で演武《えんぶ》した三重野の姿に見とれた。己《おのれ》を磨《みが》き、高めるために剣道部に入ろうと呼びかけた三重野から目が離せなくて、入部を決めた。

間近で接するようになっても、三重野への憧れは消えるどころか、強くなるばかりだった。

間違ったやりかたで稽古《けいこ》しても技能の向上は見られないと、練習にビデオ撮影を導入する柔軟《じゅうなん》性《せい》があった。全てを画像で分析《ぶんせき》しては、合理的に指導してくれた。自分ではちゃんとやれているつもりでも、画像で確認すれば全くできていないことがある。客観的に見ることの大切さを、皐はその指導を通じて実感した。

――頭のいい人だった。……先輩の代から、段を取る人が一気に増えたって聞いた……。

そのまっすぐ背中を伸ばした姿をひたすら見ていたかったのに、皐が三重野と部活で一緒だったのは、ほんの半年間に過ぎない。もっとその姿に接していたかった。

三重野が引退を表明したときには、皐は自分が涙《なみだ》ぐんでいたのを覚えている。その坊主頭《ぼうずあたま》に三重野が手を乗せて、「泣くなよ」と笑った記憶もあった。

――そんな先輩だったのに、……どうして……。

つらつら見ていた夢から目醒《めざ》めて、皐は見慣れた庫裏《くり》の天井をぼんやりと眺《なが》める。ひどく汗《あせ》をかいていた。残暑が厳しく、室内は蒸《む》し暑さに満ちている。

手を伸ばし、枕元にある扇風機《せんぷうき》のスイッチを入れてから、皐はごろりと寝返りを打つ。寝汗でびっしょりな上に、身体を動かすだけで、股関節《こかんせつ》のあたりが痛みと違和感《いわかん》を訴《うった》えた。

昨夜《ゆうべ》も、晃陽《あさひ》のところでバイブを入れられた。三重野が姿を現し、またくわえさせられて、舌や口腔《こうこう》全体の使い方をさらに厳しく指導された。

近いうち、三重野のものも入れられるのだろうか。三重野にとって自分は、愛《いと》しい晃陽を寝取った憎《にく》い相手でしかないはずだ。そんな忌《いま》まわしい相手には入れたくないのか、それとも復讐《ふくしゅう》するつもりで犯されるのか、まるでわからない。

だけど、三重野のことが頭から離れないのは、たまに来るだけの三重野が奇妙《きみょう》な記憶を残すからだ。

何度かイかされて、精も根もつきはてた皐は、昨夜、晃陽の離れの和室の布団で丸くなって、うとうとと眠りかけていた。シャワーの空《あ》く順番を待っていた。そのとき、唇《くちびる》に柔《やわ》らかな感触が触れた。すぐには反応できなかったが、晃陽だとばかり思いこんでいた。だけど、何らかの違和感を覚えて薄く目を開いたとき、和室から出て行く三重野の後ろ姿が見えたのだ。

——……先輩？

だいぶ遅れて鼓動《こどう》が急速に乱れ、一気に目が覚めた。頬《ほお》や耳が灼《や》けそうなほど熱くなる。だが、部屋から消えた三重野が、ドライヤーを使って髪を乾《かわ》かし始める音が聞こえてきた。シャワーが空いたと知らせに来てくれたのだろうか。だが、皐は起き上がることもできず、寝たふりを続けるしかなかった。

なんで三重野が自分にキスするんだと考えたとき、学生時代の遠い記憶が蘇《よみがえ》る。

——……現実かどうかわからない、……先輩とのキス。

高校時代の夏合宿中にも、皐は暑さにへばって、道場外で横になっていた。ふらついているのを上級生に見とがめられて、休めと言われたのだ。

都内とは違う、木陰《こかげ》の涼《すず》しさにホッとする。

木漏《こも》れ日が眩《まぶ》しくて、目の上に腕を回してうとうとしていると、誰かがやってきた気配があった。

——たぶん、……先輩。

三重野はよく気が回る主将だ。キツい練習を入れてはくるが、体力的についていけない一年生を無理やりしごくことはなく、別メニューを命じていたはずだ。

だが、皐は上級生についていきたかった。三重野を見ていられるのはこの合宿が最後だったし、認めてもらいたかったからだ。

それほどまでに、三重野に心酔《しんすい》していた。少しでも近づきたかった。

『大丈夫か？』

いつものように、三重野の声が降ってくる。その声を聞き流すほど、皐は眠くて動けずにいた。

不思議に思うほどの沈黙《ちんもく》が流れた後で、眠りかけていた皐の唇に触れたのは、全身がぞわりとすくみあがるほどの、柔らかな感触だった。

——驚《おどろ》きすぎて、……動けなかった。

前回の外廊下《そとろうか》の時よりも、皐の意識は残っていたほうだと思う。それでも、やはり夢なのか、現実なのかわからなかった。

皐が動くことができたのは、三重野が立ち去ってからだ。唇に残る感触が何なのか、いまだにハッキリとしない。やたらとドギマギしているうちにまた眠りに落ち、起きたときにはそれは夢としか思えなかった。

——忘れてた。……あのときのことを、忘れようとしてきた。

それでも、忘れられずにきた。三重野への、どうしようもない憧れの気持ちとともに。

かつても今も、三重野の隠《かく》れた人格は皐が眠っているときを狙《ねら》って姿を現す。

その意味がわからない。

三重野は今は皐を憎《にく》んでいるはずだ。間男《まおとこ》なのだから、当然だ。

だが、三重野の接し方に、奇妙《きみょう》なところがあるから混乱する。

——先輩、……あれから何度も、豆大福《まめだいふく》を届けてくれた……。

単なるお供《そな》えの形を取っていたが、持ってきた檀家《だんか》に詳しく聞き出すと、決まって三重野からだった。

顔を合わせたときの三重野は、この上なく不機嫌《ふきげん》に見えた。皐のことを憎んでいるとしか思えない態度だ。だが、その中に昔と変わらない愛情を感じてしまうのは、どうしてなんだろう。

——豆大福で買収されているのかな、私は。

まだ汗が止まらないまま、皐はゴロンと寝返りを打った。

しばらくうとうとしてから目覚めると、遠くから竹箒《たけぼうき》の音が聞こえてきた。すでに室内のものがハッキリと見えるほど、明るくなっている。時計を見れば、六時前だ。

——誰だろ……。まだ、だいぶ早いけど。

檀家が当番を決めて寺にやってきては、広い境内《けいだい》の掃除《そうじ》や雑用などをしてくれる。彼らの無償《むしょう》の奉仕《ほうし》がなかったら、この寺はすぐに立ちゆかなくなるだろう。

皐は起き上がって顔を洗い、作務衣《さむえ》に着替えた。庭に下り、雪駄《せった》を引っかけて箒の音がするほうに向かう。

広い参道《さんどう》を竹箒で掃除をしていたのは、スーツ姿のダンディな初老の男だった。

檀家総代であり、この地元で随一《ずいいち》のゼネコンである斉藤建設《さいとう》の代表取締役社長だ。熱心な信者であり、寺にも多額の寄付《きふ》や人員を振り分けてくれる。一番世話になっている相手と言ってもいいのかもしれない。

「おはようございます」

声をかけると、斉藤は振り返って、にこやかな笑みを浮かべた。

「ああ、おはようさん。早いですね」

「しばらく、お見えにならなかったようですが、お忙《いそが》しかったですか」

斉藤が姿を見せなくても、檀家の女性たちが入れ替わり立ち替わり現れては、さまざまな手伝いをしてくれるおかげで運営に支障《ししょう》はない。だが、その背後に斉藤の采配《さいはい》があることを知っている。

裏ではいろんな悪事に手を染めているという噂《うわさ》も聞くし、晃陽でさえも怖がっている独裁者《どくさいしゃ》らしいが、皐には穏《おだ》やかで人当たりが良い人物に見える。

——ああ、でも、……たまに、じっと見られている気がすることはあるかな……。

学生時代から時折《ときおり》、自分が住職《じゅうしょく》としてふさわしい人物なのか、選定されているように感じられることがあった。だが、皐が住職となったのも、斉藤の強い推薦があったためだ。本山《ほんざん》といえども、檀家の意志には逆らえない。独立経営の寺だから、檀家が住職の選定権まで握《にぎ》っていた。

晃陽によく似たロマンスグレーの斉藤は、出勤前にここに寄ってくれたらしい。すぐにでも出勤できる姿だ。

「このところ、少しごたごたしてましてな。ほら、……駅前にできるとかいう、例の、国の病院の件で」

斉藤から話題に出されただけで、皐の鼓動は跳《は》ね上がってしまう。

その誘致《ゆうち》のための接待に、昨夜《ゆうべ》も身体を調教《ちょうきょう》されたばかりだ。後ろめたさに、全身に力がこもる。

まさかこの社長が、三重野の策動《さくどう》まで知っているはずはない。腹の底が知れない相手だが、住職《じゅうしょく》を穢《けが》すなと反対してくれるはずだ。それでも地域随一のゼネコンとして、公共事業の発注などで、政治家とは切っても切れない関係にあるのは確かだ。

皐は後ろめたさを隠《かく》して、素知《そし》らぬ顔をするしかなかった。

「どうにかなりそうですか、あの件は。檀家さんも、是非とも地元にできて欲しいものだとお話しされてますが」

年配の檀家にとって、近くに大きな総合病院や介護《かいご》施設ができるというのは大きな関心事なのだろう。寄ると触ると、その話になる。

自分は足が悪いから近くにいい病院が欲しいとか、親族や知り合いを入れたいのだが、介護施設に空《あ》きがなくて困っているとか、そんな話をよく耳にする。

あんなことをしなくても誘致できる可能性はどれくらいあるものなのか、斉藤からの客観的な意見が聞きたかった。

だが、斉藤は首をひねるばかりだ。

「どうでしょうね。今のところは、まだ何とも言えないはずですが。候補地も、ここ以外に何ヶ所かあるようで」

「そう……ですか。決まるといいですね。その介護施設というのは、……年金などで入れそうなところなのでしょうか」

高額な入所代などが必要なホームだったら、檀家は入れないかもしれない。

だが、そんな懸念《けねん》を払拭《ふっしょく》するかのように、斉藤は柔《やわ》らかく微笑《ほほえ》んだ。

「ええ。年金や保険料でまかなわれるような、公的な介護施設ですよ。地元の自治体が事業主体になりますから、まずは周辺の住民から受け入れる形になるんじゃないかと」

「ああ。……それは……よかった」

皐もホッとして微笑む。

そんな施設なら、大賛成《だいさんせい》だ。直接入所に関わる檀家だけではなく、地元に大きな雇用や需要も生まれるだろう。だが、そのために自分が誰にも言えないような方法で、その誘致の決定権を握る政治家を接待するなんて、あっていいことなのだろうか。

三重野が誘致を望むのは、それを自分の実績として宣伝して、次の選挙を有利に運ぼうとしているからだろう。この斉藤建設を始めとする地元企業からも、誘致の見返りとしての献金《けんきん》や、選挙応援が得られるのかもしれない。

接待のことを考えただけで、嫌悪感《けんおかん》に鳥肌《とりはだ》が立つ。

よっぽど顔が強張《こわば》っていたのか、斉藤が心配そうに言ってきた。

「どうされました？　お疲れのようですね」

週に三日、晃陽の離れで身体を酷使《こくし》している疲れが、澱《おり》のように皐の全身に溜《た》まっていた。だが、何より皐を追い詰めているのは、精神的な疲れだ。あんなことをされているのに、住職として何食わぬ顔をして檀家を騙《だま》しているという罪悪感《ざいあくかん》が、日夜《にちゃ》、皐を責め立てる。

「ちゃんと食べていらっしゃいますか？　お父様がいなくなったからって、食べるものに手を抜いてはダメですよ。あなたは昔から、食が細かった」

「大丈夫……です」

皐はあえて微笑もうとする。

「後で、あなたのお好きなそうめんを届けましょう。果物も」

「ありがとうございます」

昔から、斉藤は親切だった。そのことを思いだして少し笑うと、斉藤は眩《まぶ》しそうに目を細めた。

「本当に、……お綺麗《きれい》になられた。最近、特にお綺麗になられたのではないですか」

そんなふうに言われて、皐はひどく動揺する。

性的な調教を受けたことで、自分の外見に何らかの変化が出ているのではないだろうか。そんな不安と後ろめたさに、斉藤の顔がまっすぐ見られなくなる。

だが、去るときに言われた。

「立派な住職におなりなさい。私たちも、協力は惜しみませんよ」

「はい」

──立派な住職に。

その言葉が、胸をえぐる。自分は檀家に言えない罪《つみ》を重ねている。

この報復を、自分はいつ、どんな形で受けることになるのだろうか。

ゆっくりと日々は過ぎ去り、三度目の週末がやってきた。

「……う……っ」

下肢《かし》を揺さぶる感覚に、皐はうめくことしかできなかった。

和室の床《とこ》の間《ま》の柱《はしら》を背に座らされ、膝《ひざ》を上からつられるような形で足を開かされていた。両手も頭上に伸ばした形で縛《しば》りつけられている。

腹のあたりに回された紐《ひも》で柱に固定され、寝転ぶこともできない。

今日もまたバイブを深くまで突っこまれ、長い時間放置されていた。外に出た部分を固定されているし、座っているからいくら腹に力をこめても押し出すことはかなわなかった。

さらに今日は、乳首に奇妙《きみょう》なものまでつけられている。

「……は、……は、は……」

透明《とうめい》な小さなカップが、乳首に被《かぶ》せられていた。その先端《せんたん》から空気を吸《す》い取られながら被せられたとき、乳首は痛みをともないながらカップの奥へと引っ張られた。空気抜きにキャップを被せられたままにされると、乳首はずっとカップの中に吸われ続ける状態になる。

どんなに身じろぎしても真空状態を利用したその小さなカップは外《はず》れることはなく、縛られた手では自力で外すこともできない。ジンジンと引っ張られ続けているような体感が、乳首から絶えず伝わってくる。それが両方だ。

乳首だけではなく下肢にバイブを入れられ、さらに尿道《にょうどう》にも細い棒《ぼう》を挿入《そうにゅう》されて物理的に射精《しゃせい》できないようにされていた。

時間が経過するにつれ、ますます身体中を悦楽《えつらく》が駆《か》け巡《めぐ》るようになる。イクにいけない感覚を、どうやって散らしていいのかわからない。汗が噴《ふ》き出し、身体の芯《しん》から発情してくる。早く晃陽に戻ってきて、このどうしようもない状態を終わらせて欲しいのに、そんなときにかぎって現れない。

——今日は、……先輩が来て、……どこまで開くようになったか、……テストするって……。

焦《じ》らされる時間が長いのは、そのことも関係しているのだろうか。

全身を駆け巡る悦楽が強すぎて、もはや普通に呼吸することもできない。下肢を掻《か》き回すバイブの動きに合わせて絶え間なく腰を揺すり、口も開きっぱなしのまま、犬のように涎《よだれ》を垂れ流している。

自分の身体が、三週間前とはだいぶ変わった自覚はあった。

最初は指一本ですら痛くて気持ち悪かったのに、今ではこんなに太いバイブまで呑《の》みこんで、その先端が体内で蠢《うごめ》くたびにイカされそうになっている。腰の奥から湧き上がってくる淫《みだ》らな快感《かいかん》とともに射精したくて、理性も何もかも押し流されそうだ。

どんなことをされても心だけは強く保っていたいのに、それはひどく困難だ。心と身体がここまで分かちがたいものだと、こんなことをされて初めて知った。

「ふ、ぁ」

尿道に突っこまれた棒までもが、かすかに蠢いているような気がした。ペニスの中も外もむず痒《がゆ》く、とろとろと溢《あふ》れた蜜《みつ》で濡《ぬ》れそぼっている。さらに襞《ひだ》も熱くひくついてたまらない。体内に蓄積《ちくせき》するばかりの熱を少しでも散らしたくて腰を揺らすと、襖《ふすま》がいきなり開け放たれた。

焦《あせ》って見開いた目に飛びこんできたのは、高価そうなスーツを着た端正《たんせい》な男だ。乱れのない着こなしに、手入れの行き届いた髪型。学生の頃に比べると、三重野はその立場にふさわしい身だしなみと迫力を身につけたようだ。鋭《するど》すぎるその目に見つめられると、皐は威圧されて消え入りそうになる。こんな姿で、裸《はだか》で縛りつけられていてはなおさらだ。

「せんぱ……っ」

三重野はまっすぐ床の間に近づき、閉じることのできない足の間をじっくりと眺《なが》めてくる。明るい蛍光灯《けいこうとう》の下で、隠しようもないほど蜜をにじませて屹立《きつりつ》したペニスや、その奥で限界まで開かれて太いものをくわえこんでいる後孔のあたりまで観察されているのがわかって、羞恥《しゅうち》に全身がすくみあがった。

三重野は皐を睥睨《へいげい》したまま、スーツの上着を脱《ぬ》ぎ捨てた。

「こんな太いものまで、くわえこめるようになったんだな。おまえのしつけは、順調に進んでいるようだ。昔からひどく、努力家だったもんな」

峻烈《しゅんれつ》な皮肉《ひにく》を、容赦《ようしゃ》なく浴びせかけられる。

かつては、もっと違った関係だったはずだ。がむしゃらにかかっていく皐に面や小手《こて》を浴びせかけながらも、三重野は楽しげに笑っていた。

だが、再会してからはずっと気持ちが萎縮《いしゅく》している。視線をまともに合わせることができない。恥ずかしい姿ばかり、見られているせいだ。

「バイブを仕掛けて、二十分でこんなか。とんだ雌犬《めすいぬ》だな」

皐の目の前で屈《かが》みこんだ三重野が皐のペニスに手を伸ばす。そこを塞《ふさ》いでいたシリコンの棒を抜いていく。

「つぁ、……ぁ……っ」

ゆっくりとした動きだったが、射精に似た尿道からの刺激に背筋《せすじ》がざわついた。甘い痺《しび》れに声を漏《も》らすまいと歯を食いしばったが、抜かれると思ったものをまた奥に戻されたとき、不覚にも声が漏れた。

「ひっ、う、……ぁ……っ」

「濁《にご》った液が押し出されたぞ。せき止めてたのに、少しイっていたようだな」

くぷ、とシリコンの棒を前よりもしっかりと尿道の奥まで突き刺してから、三重野は乳首に被さっていた透明なカップに手を伸ばした。

ゴムのキャップを外されるなり、そこに空気が流れこんで自然に外れる。だが、長い時間、吸われて肥大《ひだい》していた乳首は、異様なほど鋭敏《えいびん》になっていた。空気にさらされただけでぞくぞくするぐらいだから、触れられたらひとたまりもないだろう。

その乳首に、指を伸ばされる。

「……あうっ」

乳首がぷるんと震《ふる》えるのと同時に、息を呑むような悦楽が広がった。

三重野はさらに、ぐりぐりとそこを嬲《なぶ》った。

「つう、ぁ、あ、あ……っ」

強すぎる刺激に、びくびくと身体が震える。

ずっと吸われ続けた乳首は、普段よりも少し柔らかくなっているようだ。その小さな部分を逃さないように指の間でつまみ出され、弾力《だんりょく》を楽しむように揉《も》まれていると、身体の芯まで疼《うず》くような快感に喘《あえ》ぐことしかできない。腹筋に力がこもって、入れられたままのバイブを強く締めつけながら、腰を揺らしてしまう。

　乳首から全身に流れこんでいく濃厚な快楽が背筋を溶《と》かし、尿道のシリコンの棒を押し上げた。それが自らの重さで元の位置に戻る感覚に焦らされ、その粘膜《ねんまく》をぐりぐりと痒《かゆ》みが治まるまで掻き回してもらいたい渇望《かつぼう》が頭から離れなくなる。

「っあ、……っん、ん……」

　三重野の指は、関節がしっかりとした大人の手だ。その指先で執拗《しつよう》に乳首をつつき回されると、少し柔らかかったそこにツンと芯が通った。そうなると一段と感度が増し、乳首を軽く押しつぶされただけで、狂《くる》おしい快感が爪先《つまさき》まで突き抜ける。バイブで掻き回されている下肢からも耐えず刺激が送りこまれ、唾液《だえき》がぽたりと畳《たたみ》に落ちた。

「そこ、……やめ……て、……ください……」

　三重野が弄《いじ》っている乳首が、快楽のスイッチになっているようだ。
懇願《こんがん》の甲斐《かい》があったのか、尖《とが》らせたそこから手は離されたが、今度は足の間に手を伸ばされ、バイブを固定している紐を外される。圧迫が和《やわ》らいだ途端、ずるっと体内から押し出された。

「ひ、ぁ！」

　思わぬ刺激にとっさに襞が収縮すると、きゅっとバイブが奥までわずかに吸いこまれる。だが以前とは少し位置がずれたらしく、回転するヘッドに直接感じる部分をえぐられ、その慣れない刺激にのけぞって喘ぐしかない。

「っぁ、あ、あ」

バイブをその位置からずらそうと、懸命《けんめい》に腰を引いたのに、三重野が根元をつかんでそこに押し戻した。感じる場所をえぐられた瞬間、暴力的《ぼうりょくてき》なほどに身体を駆け抜けた衝撃《しょうげき》に、頭が真っ白に弾《はじ》け飛ぶ。

「……っぁ、あ、あ……っ」

尿道にあった棒がぐりゅっと射精の波に押し上げられ、自重《じじゅう》でまた元の位置に戻っていく。しかしイっていたらしく、腰の異様な気だるさと脱力感《だつりょくかん》に、皐は大きく息を弾《はず》ませた。

そんな身体に、休むことを許さないというようにバイブの振動が襲いかかる。

「っあ、あ、あ！」

先端が容赦なく身体をえぐり、ガクガクと腰が揺れた。

そんな皐のペニスから、三重野が棒を抜き取っていく。勢いを失った精液が、そこからとろとろと溢れ出した。それを先端に塗《ぬ》りつけるように指を使われて、まだ終わらない悦楽に喘ぐしかない。

「せんぱ……」

「その呼び方はよせ」

ぴしゃりと言われて、皐は焦点《しょうてん》の合わない目を三重野に向けた。強制的な快楽を立て続けに味わわされて、身体がドロドロになったような感覚がある。

乳首のカップはまだ片方しか外されておらず、つけたままのカップごと弾くようにされただけで、そこを虐《いじ》められる不安に身体が揺れてしまう。

「晃陽の報告では、こちら側のほうが感じるそうだな」

カップごと左の乳首を揺らされ、その状態ではあまり感じなかったが、敏感《びんかん》にされた乳首を容赦なく指先で弄られることを想像しただけで、身体がすくみあがった。そんな皐を見据《みす》えて、三重野は含《ふく》み笑いを漏らす。だが、目の奥はまるで笑っていない。

――先輩は、……まだ私を、許していない……。

そのことがひしひしと伝わってきた。

その目に見据えられると、自分の中にある欲望が剝《む》きだしにされるようだ。

自分はこれほどまでに肉欲に囚《とら》われた愚《おろ》かな人間なのだと、思い知らされる。時間をかけて身につけたはずの身分や知識を全て剝《は》ぎ取られ、刺激に反応するだけの動物に堕《お》とされる。

「……っ」

三重野の指が、ついに乳首の透明のカップを外した。空気にさらされたばかりの乳首にその指が伸びようとしたとき、新たな声が割りこんできた。

「そっち側は、ぼくのためにとっておいてくれたんでしょ？」

和室に戻ってきた晃陽が、柱に縛りつけられた皐に近づいた。自分の所有物だと主張するかのように皐の頰を撫《な》でて、我が物顔で唇を塞いでくる。

「っふ、……っ」

そうしながらも、晃陽の手が肥大して敏感になった乳首をそっとなぞった。

それだけで、ビクンと身体がすくみあがる。

「皐さんの、……おっきくなった乳首、気持ち良く、してあげるね」

そんな囁《ささや》きとともに晃陽の唇が、外に出たばかりの乳首へ落ちていく。吐息《といき》にも感じるほどに敏感になった乳首をまずはそっと舌先で転がされ、吸われながらひたすら舐《な》められる。さざ波のような甘さが乳首から広がり、皐はぞくぞくと震えずにはいられない。そんなふうにされて、少しずつ乳首が硬く凝《こご》ってきた。

「っん、……っ、ぁ……」

そんな晃陽に対抗心でも覚えたのか、三重野が反対側の乳首に指を伸ばした。硬く尖った乳首を指の間でくびり出され、爪を立てるようにコリコリとなぞられて、左右それぞれの刺激に不自由な身体が跳ね上がった。

「っう、……う、う……っ」

両方の乳首を、それぞれの方法で嬲られているのがひどく恥ずかしい。どんな顔を晒《さら》しているのかわからずにぎゅうと目を閉じると、乳首に感覚が集中してしまう。

指だけの嬲りの後で、三重野もそこにしゃぶりついた。

「っぁ、……ぁ、あ……」

二つの乳首を二人の男の弾力のある舌先で、ぬるぬると嬲られるというあり得ない状況に、身体の熱が急上昇する。バイブをくわえこまされた腰が、じくじく疼き続ける。

「っふ」

硬くしこった乳首を三重野の歯の間に挟《はさ》みこまれ、引っ張られてはたっぷりと柔らかく舐めずられる。反対側は粒《つぶ》を転がすように、晃陽が優しく舐めてくる。

喘ぎ続ける皐の口の中に晃陽の指が何度も突っこまれ、舌をかき混ぜられた。開きっぱなしになった口から、唾液がぽたぽたと溢れる。

両乳首に送りこまれる快感をどうしても断ち切ることはできず、嚙《か》まれるたびにのけぞって、腰を揺らしてしまう。

腹の奥を、容赦なくバイブで掻き回されるのもたまらなかった。ペニスがまた、灼《や》けつくような熱を宿す。

「あ、……ぁ、……ん、く……っ」

バイブはヘッドを振りながら、ずっと皐をえぐり続けていた。深くまでくわえこまされたそれが襞の隅々《すみずみ》まで擦《こす》り上げるたびに、背筋をぞくぞくとしたものが抜けていく。

「っひ、……ぁ、あ……」

その内側の感覚だけでも刺激的だというのに、同時に乳首を嬲られることで快感が倍増する。晃陽の舌にその小さな粒を押しつぶされたり、三重野の歯でその色づいた部分を引っ張られると、意識が飛びそうな悦楽が襲いかかる。

「っぁ、……あ……っ」

三重野による歯でのチクチクした刺激と、晃陽の舌による刺激のバランスは絶妙《ぜつみょう》すぎた。縛られた身体から力が抜け、ただ刺激に反応するだけの人形となる。

「……いつものすまし面《づら》はどうした？　ドロドロじゃないか」

快楽に喘ぐ皐を見ながら、三重野が足の間に手を伸ばした。コントローラーのスイッチが入れ替えられたのか、大きく頭を振る動きに、強烈な振動が加わる。

「ぁ、……ぁあああ……っ」

腹に広がる振動とともに、下腹で大きな衝撃がふくれあがった。

喘ぐ皐の乳首に、三重野が強い力で嚙みついた。

「ツン」

それだけではなく、晃陽にもこりっと乳首を噛まれる。両乳首に与えられる責め苦に喘ぐと、三重野になおも乳首を吸い上げられる。ちゅ、ちゅっと粒を唇から出したり戻したりされるたびに、狂おしい痺れが背筋を這《は》い上がった。どうしようもなく昂《たか》ぶらされて、皐は腰を揺らしてうめくしかない。もはや、イくことしか考えられなくなっていた。

「また、イクか?」

乳首から顔を上げた三重野が、蔑《さげす》むようにくっと笑う。乳首を指先で弾かれる痛みが、甘い愉悦《ゆえつ》にすり替わる。

だが、皐は懸命に首を振った。

「……っぁ」

「どうした? そのままイってみせろ」

三重野が皐の太腿《ふともも》をつかんでは、腹筋を丸めさせるようにしてバイブの外側部分をつかんだ。体内深くまで食いこんでいたそれを、強引に抜き出していく。

出していくにつれて、鈍《にぶ》いモーター音が大きくなり、中の圧迫感が薄れる。だが、またすぐにバイブを埋《う》め戻された。

先端が回転する状態のまま、深い部分から浅い部分まで掻き回されて、下腹がガクガクと震える。度を超えた悦楽にさらされているというのに、何故《なぜ》か絶頂は訪れない。

「ひぁ、……ぁ、あ、あ、あ……っぁ……っ」

涙と涎が溢れた。

そんな皐をなおも追い詰めるように、バイブを操《あやつ》りながら乳首に三重野が吸いついてくる。晃陽にも乳首を舐められながら、とろとろと蜜を溢れさせる雄《おす》の先端に手を伸ばされ、しごき立てられる。その狂おしい快感に、なおも追い詰められて首を左右に振った。

「やだ、……も、……や、……くるし……っ」

感じるところ全てを刺激され、強く振動するバイブに腹の奥深くまで掻き回されている。

「や、……イク、……ださせ……、イク、……イキた……っ、イカせてくだ……さ……うあ、あぁ、ああ、あ……」

普段ならプライドが邪魔《じゃま》をして、口にすることができない言葉が漏れる。涙も止まらず、まともに呼吸もできないほど追い詰められていた。

「……やだ……っ、も、ぁ、……う。う……」

「どうした？　イケばいい」

「止めてないんだけど」

困惑《こんわく》したように、晃陽に顔をのぞきこまれた。

絶頂ギリギリまで高められ、重苦しいような熱が下腹部で嵐《あらし》のように渦巻《うずま》いていた。

さんざん体内を掻き回したバイブを抜き取られ、灼けつくような熱さを宿した襞が空《むな》しく収縮を繰り返す。射精に至らない苦しさに、内腿まで痙攣《けいれん》してしまう。

「ふぁ……ぁ……っ」

そんな皐の顔をすぐそばからのぞきこんで、晃陽がようやく納得したように言った。

「たぶん、……入れられたいんだよ」

「入れられ……？」

「そう。バイブじゃなくって、生身の。そうしないと、イケない身体になってる。ぼくも、少しだけ覚えがあるから」

忘我《ぼうが》の状態でも、晃陽の言葉は聞こえてきた。自分でも気がつかなかった己《おのれ》の状態を赤裸々《せきらら》に暴《あば》かれ、泣き出しそうに表情が歪《ゆが》んでしまう。

「ちが……っ」

そう口走ったはずなのに、三重野が納得したようにうなずき、バイブを抜き出したときのように皐の膝をつかんで胸につくぐらい折り曲げてくる。バイブでぐちゃぐちゃにほぐされた部分が、刺激を失って物欲しげに蠢いているところを見られて、ぎゅっとそこが縮《ちぢ》まった。いたたまれないほどの恥ずかしさに、頬や耳が真っ赤に灼けた。

「入るのか？」

三重野が晃陽に尋ねたのが聞こえてきた。

「たぶん。ぼくのは先週、どうにか入ったから」

「何だと？」

三重野の声が、物騒《ぶっそう》に低められた。晃陽はそのことを、三重野に報告していなかったのだろうか。

そもそも三重野の命令で、皐にこんなことをしているのではないのか。

だが、身体が火照《ほて》りすぎて、まともに頭が働かない。

「言わなかったっけ？　すごく悦《よ》かった。皐さんもね――」

「もういい」

三重野が晃陽の言葉を鋭《するど》く遮《さえぎ》り、挿入に邪魔になる腹の紐を解《ほど》き始めた。膝をつるす形に拘束《こうそく》されていた縄《なわ》も解かれ、腰を引っ張られて仰向《あおむ》けに引き倒される。それでも、手首の紐は解かれず、位置は変わったが柱につながれたままだった。

三重野に担《かつ》ぎこまれた足の間にバイブとは違う熱いものが押しつけられ、入り口を探ってくる。

「っ、……ひぁ……っ！」

その大きさと熱さに、襞が灼けた。ずっとバイブで焦らされて、身体は十分にほぐされているはずだが、その先端だけでもひどく大きく感じられた。

無理やりこじ開けようとされるたびに、そこから全身が引《ひ》き裂《さ》かれそうな痛みが広がる。ガチガチに身体がすくみあがる。

「いや……っ」

うめくと、その部分を観察していた晃陽がうなずいた。

「無理だね。抜いたほうがいい。皐さんがケガをする」

冷ややかすぎる断定だった。

「だが」

三重野は未練があるようだ。ここまで熱くなっているのだから、入れずには処理できないのかもしれない。無理に入れるのは止めてくれたが、不満そうにその孔に指を呑みこませてくる。指で中の広さを探るように、ぐちゃぐちゃに掻き混ぜられた。その指に襞が物欲しげにからみつき、締めつける。

「……っん、……ぁ、……あっ」

その孔に、晃陽も指を押しこんできた。中の蠢動《しゅんどう》を確かめるように、ぐるりと指で掻き回す。二人の指がバラバラに動くものだから、皐の腰が何度も跳ね上がる。ずっと絶頂間際《まぎわ》で焦らされ続けて、たまったものではなかった。

「一浩《かずひろ》のは無理だから、ぼくが入れようか」

得意気に響《ひび》いた声に、すぐさま三重野が異議を唱《とな》えた。

「ダメだ……！」

「なんで……っ」

「そういう約束だろ」

身体の上でかわされる言葉を、皐は喘ぎながら聞き流すしかない。晃陽はその約束に逆らうことはできないらしく、残念そうに舌打ちして皐の顔をのぞきこんできた。

「だけど、皐さんをこのままにはしておけないよ。せっかく中イキを覚えたんだし、この機会を逃す手はないと思うけど」

「だったら、もっとほぐす」

その言葉とともに、三重野が皐の中にクチバシ状に尖った潤滑剤《じゅんかつざい》の容器を差しこんできた。その本体をぐっと押され、体内に直接注《そそ》ぎこまれて、その冷たさに身体がすくみあがる。間髪《かんはつ》入れずに先ほどのバイブが押しこまれたが、ほんの少しだけでも中断されていたせいか、その大きさも振動もより増幅《ぞうふく》されたように感じられてならない。

「っう、……っ、も、……いやだ、……これ……っ」

ぐちゅぐちゅと、生殺《なまごろ》しの振動が続く。いつまでもイケずに、責め立てられる苦しさに皐はうめいた。イキたくてたまらない。下腹部が何度も痙攣して精液を吐き出す寸前なのに、どうしてもその機械的な刺激だけはたどり着けない。

涙目で、すがるように晃陽を見た。

この状況から救ってくれるのは、このもどかしさを知っている晃陽だけかもしれない。その眼差しを受け止めて、晃陽は愛しげに微笑んだ。

「だったら、……ぼくに入れる？」

「……え」

「ぼくがあなたに入れるのは、一浩が許さないっていうから。だったらぼくに入れたら、イケるかもしれないよ」

頬を擦りつけて愛しげに囁く晃陽から、三重野の存在を消そうとしているような対抗心を感じ取る。この二人の関係が、よくわからなかった。二人は付き合っていて、別れようとする晃陽に三重野がしつこくつきまとっているはずだというのに。

だけど、晃陽に挿入すると考えただけで、ペニスが熱く疼いた。

入れたいと願うのは、男の本能だ。誘《さそ》うようにペニスの先端に口づけられると、その欲望が頭から切り離せなくなる。

小さくうなずくと、驚くべきことに三重野も承諾《しょうだく》した。

「だったら、やってみろ」

晃陽が自分の中を、潤滑剤でほぐすのが見える。

それが待ちきれないほどに、皐は限界近い状態にあった。

「はぁ、……は……っ」

もはや自分が僧侶《そうりょ》ということや、禁忌《きんき》もわからなくなるほど、身体の熱に灼かれていた。自分の身体がどれだけ快楽に弱いのか、昂《たか》ぶらされたら最後、射精せずには終われないのか、思い知らされた。

こんなふうでは、自分は地獄《じごく》に落ちる。そうわかっているのに、とにかく今は射精することしか考えられない。

「いいよ。……皐さん」

準備を終えた晃陽が、かすれた声で誘ってきた。皐の腰をまたぎ、ペニスをつかんで位置を合わせる。

「う、あ……っ」

ぐりゅ、と切っ先が晃陽の肉を押し広げていく悦楽に、皐の全てが呑みこまれる。全身の毛穴が開いて、頭が真っ白になった。イキそうでイケない快感が、なおも続く。突っこまれたままのバイブをぎゅうぎゅうと締めつけたまま、動けなくなる。

「……っふ、あ……」

濡れた吐息を漏らしたとき、皐の頭のあたりに立った三重野が、手首と柱とをつなぐ紐を外した。

「そのまま、……動くな」

体内から押しこまれていたバイブが引き抜かれ、晃陽によって身体が引き起こされる。つながったまま晃陽の上にされたが、その背後に三重野が陣取《じんど》って、熱い砲身《ほうしん》を押しつけてくる。さっきは大きすぎて、入れることができなかったものだ。

「なっ……、いや……っ」

そんなことをされるとは思っていなかっただけに、ひどく焦った。

だが、逃れようと身じろいだとき、下になっていた晃陽が皐の腰に足をからめてきた。しがみつかれ、羽交《はが》い締《じ》めにされる。

三重野に背後を取られ、腰を押しつけられた。入り口を三重野のペニスで探られるたびに、先ほど思い知らされた痛みに身体がすくみあがりそうになったが、身じろぐたびに皐のペニスを呑みこんだ晃陽の襞が絶妙な刺激を送りこんでくる。

そのためか、押し広げられて一瞬だけ息が詰まりそうになったが、先端の張り出した部分がどうにか一番狭いところをくぐり抜けた。

「っう……」

そのまま、ずずずっと根元まで貫《つらぬ》かれていく。その大きさと充溢感《じゅういつかん》はバイブどころではなかった。再び味わわされた生身の悦楽に身悶《みもだ》えると、しがみついていた晃陽が囁いた。

「あ、……皐さんの、すごい……硬くなって……る」

そのとき、胸元から思いがけない甘い刺激が広がった。

背後にいた三重野が手を胸元に回して、乳首を指の間に挟みこんできたのだ。下肢に施《ほどこ》された潤滑剤が指に残っているせいか、やたらとぬるぬるしている。そのぬめりが快楽を増幅させるのか、指の間でコリコリ転がされるとたまらなかった。

「っう、あ……」

力が抜けた途端に、ずずっとさらにペニスをねじこまれる。その圧倒的な挿入感に腰を揺らすと、またきゅうっと乳首をつまみ上げられた。反対側の乳首にも刺激を感じて視線を向けると、下から晃陽がそこに手を伸ばしている。晃陽に入れたままのものも擦れて、ますます力が抜けた。

「っぁ、……ぁ、あ……」

もどかしいほどじっくりと時間をかけて、根元まで貫かれる。その圧迫感はすごかったが、深くされればされるほど脳を溶かすほどの快感と興奮はひどくなる。押しこまれたものは大きくてきつかったが、それがもたらす快感は強烈だった。

貫かれているだけで、イキそうになる。それでもイケなかったのは、信じられないほどに広げられていたせいだろう。イクための力が、どうしても入らない。入れられているだけで、かなりの快感に意識を吹き飛ばされそうになっていると、晃陽が切れ切れの声で誘った。

「動いて、皐さん」

ぎっちりと貫かれたままだったが、このままでは晃陽も苦しいだろうと知って、皐は動こうとした。

皐が腰を送り出すたびに、晃陽の中にペニスが呑みこまれていく。三重野は根元まで貫いて動きを止めていたが、皐が動くたびに自らそのペニスを抜いたり、自分を刺し貫かせることになった。

その前後の刺激に、皐は狂わされずにはいられない。

理性も思考力も、まともに保てなかった。

晃陽の中の気持ち良さに我を忘れ、どうしても腰の動きは止まらない。腰を突き出すのに合わせて、深くまで入っていた三重野のものが襞で擦れながら抜き出される。だが、三重野は全てが抜け落ちる寸前にズンと深い位置まで貫いてきた。

「っぁ、……ぁ、あ……っ」

信じられないほど自分の中が、三重野のもので埋めつくされている。晃陽から抜こうとすると、皐の中からも引き抜かれ、晃陽の中に入れると皐の中にも戻ってくる。そんな動きが続いたかと思うと、三重野は動きを止めて、ただ皐の動きに任せてくる。

動くたびに、自分の腰の前と後ろで出したり入れたりすることになり、たまったものではなかった。

じっとしていることも許さないというように、敏感になった乳首を二人の指で耐《た》えず弄られ続けている。

感じすぎて動けなくなると、背後の三重野が本格的な動きに入った。

しっかりと腰をつかまれ、襞の全てをえぐりあげながらぬぬぬぬと引き抜かれては、体重をかけて貫かれる。

その快感に押し上げられて、精液が尿道を駆け上がった。

「っひぁ、……ぁ、あ、あ……っ、ぁ、あ、ああ……っ」

意識が飛びそうな悦楽とともに、皐はガクガクと震えて、晃陽の中に吐き出した。

「は、……は、……は、は……っ」

たまらなく、気持ちがいい。

強すぎる絶頂感に力が抜けて、そのまま崩《くず》れ落ちそうになる。だが、その身体を挟みこんでいた二人がそれを許してはくれなかった。

「まだだよ」

晃陽がそうつぶやくのと同時に、背後から三重野がなおもリズミカルにペニスを叩《たた》きこんできた。イったばかりで身体に力が入らないだけに、大きな動きができるようになったのだろう。三重野の動きは容赦なく、勢いは軽減されることなく身体の奥まで届く。それに押されて皐の腰も動き、出したばかりのペニスを晃陽の腰に突き刺すことになった。

射精して敏感になりすぎた身体にとって、前後からの刺激は強すぎた。唇がわななき、まともに声も漏らせない。ペニスは萎《な》えないまま、昂ぶり続けているようだ。

力は入らなかったが、感覚までは麻痺《まひ》していなかった。それどころか、むしろ敏感になりすぎて絶え間なく身体が反応する。

「っう、……ぁ、……先輩、……待って……っ」

容赦なくずくずくと深い位置までペニスを突き立てられて、逃げようともがく皐の乳首を、三重野が背後からきゅうっとつまみ上げた。

「待たない。今が、チャンスだ。俺の形を覚えておけ」

皐の腰を強くつかんで、三重野が容赦なく襞をえぐってくる。

「ひ、あっ、あ、あ、……ぅあ……っ、ぅ……」

腹の奥の奥まで掻き回され、狂おしいほどの悦楽がこみあげた。

三重野が動くたびに、その勢いに押されて皐の腰も動いてしまう。だが、その動きだけでは物足りないのか、晃陽も積極的に腰を使って、下から皐を責め立ててくる。

「っう、ぁ、……ぁ、あ……っ」

ここまでの快感があるなんて、知らなかった。

絶頂直後の弛緩《しかん》が治まって、皐の中に締めつけが戻ってくる。だが、入れっぱなしにされて絶え間なく動かされていただけに、襞は三重野の形に開かれたままだ。ただ突き上げられる感覚ばかりを増幅させることになる。

自分の口から漏れる声と、ほんのわずかに遅れて晃陽の口から漏れる声が重なる。何がどうなっているのかわからなくなるほど、ひたすら脳が溶け落ちそうなほど揺さぶられ続ける。

「うぁ、……ぁ、あ、……あ……っ、はぁ、あ、あ……っ」

そのまま三重野がイクまで、責め立てられた。

途中で何も考えることができなくなり、身体には完全に三重野の形に開かされた感覚だけが残った。

気がつけば、皐は畳の上に一人で転がっていた。

くたくたに疲れ切っていて、指一本動かすことができない。

全裸《ぜんら》にタオルケットを一枚、申し訳程度にかけられていて、全身が泥《どろ》のようだ。

——何回も、……イカされた……。

投げ出した足の奥から、三重野のものがねっとりと溢れ出していた。晃陽が身体を拭《ぬぐ》って綺麗にしてくれたようだが、また新たに溢れ出している。綺麗にされたペニスには、まだ晃陽の中の感覚が残っていた。

絶頂の余韻《よいん》が、いまだに体内の粘膜を燻《いぶ》している。

こんな悦楽が、この世に存在していいのだろうか。それ以上に皐を惑《まど》わせていたのは、二人と一体化したような感覚だ。強く抱きしめられ、身体をつなげたことで、心までつながったような錯覚《さっかく》が消えない。それが何だか甘ったるくて切なくて、涙まで誘うような疼きとして、心臓のあたりにわだかまる。

ずっと自分に欠けていたのは、誰かに嫌というほど抱きしめられ、愛おしまれた記憶なのかもしれない。普通ならば、それは幼いころに両親から与えられるのかもしれないが、皐には満足するほど抱きしめられた記憶がない。

——昨日のは、抱きしめられたのとは違うけど。

それでも、抱かれた感触が柔らかく温かいものを胸に宿らせていた。呼吸のたびに、その温《ぬく》もりを全身で感じる。

それが、皐にとっては何にも代えがたいものとして感じられた。肌と肌で感じた、温もり。

三重野に貫かれた記憶も、肉体に濃厚に残っていた。三重野の所有物にされたような、それとは少し違うような、くすぐったくて甘ったるい感覚が消えてくれない。

ずっと憧《あこが》れてきた相手だ。憧れと恋愛感情の境目《さかいめ》は、どこにあるのかわからない。だが、あんなふうに貫かれ、悦楽を分かち合ってしまったことで、純粋《じゅんすい》な憧れの気持ちが別のものに変化してしまいそうだ。三重野のことが頭から離れない。

だけど、憎まれているはずだ。何せ、晃陽を奪《うば》った間男なのだから。

それでも、皐は指を動かして、自分の唇をなぞった。

三重野との幻《まぼろし》のキスが蘇《よみがえ》る。学生時代だけではなく、再会してからも、幻のキスを三重野と重ねていた。だが、起きているときにキスされたことはない。昨日も唇は、一度も重なってはいない。あんなことをしでかした自分が、三重野に好かれたいなんてバカげていた。それでも、いつまでも三重野への気持ちは断ち切れない。それだけ、学生時代に刷《す》りこまれた憧れの気持ちが強いのかもしれない。眠りこみそうな気だるさの中で、皐はどうにか目を覚まそうとしていた。

今が何時なのかわからなかったが、だいぶ夜は更《ふ》けているはずだ。帰宅しなければならない。そう思っているのに、瞼《まぶた》が重くて動けなかった。晃陽と三重野の姿は見えないが、玄関のあたりで声がした。

晃陽か三重野だと思っていたから、皐はそのまま睡魔《すいま》に負けて眠りこみそうになっていた。だが、思いがけずすぐそばから声が振ってきた。

「本当だったか」

その声は、晃陽でも三重野のものでもない。

血が凍《こお》るような思いとともに、皐は目を開いた。飛びこんできたのは、斉藤の姿だ。ここは晃陽の離れだから、その父である斉藤がいつ現れても不思議ではない。だが、全裸の、いかにも情事の後といった現場を彼に見られて、身体が震える。

今日の斉藤の態度は、いつもとは違っていた。穏やかで紳士らしいところは影《かげ》を潜《ひそ》め、猛禽類《もうきんるい》のような強い目の光を容赦なく皐に浴びせかけてくる。そんな斉藤を凝視しながら、皐は言い訳がましく口走らずにはいられない。

「これは、……違い……ます」

「何が違うんだ？」

慌《あわ》てて身を起こそうとした皐の肩を、斉藤はこともなげに踏みつけて畳の上に縫《ぬ》いとめた。それがあまりにも自然な仕草だったから、皐には何が起きたのかわからなかったほどだ。

驚きに言葉もない皐をしばらく眺めてから、斉藤は恫喝《どうかつ》じみた声を放った。

「この坊主《ぼうず》に精をたっぷり注ぎこみ、男の味を教えてやったのか。……美坊主だから、これから利用価値が増すだろうな」

――利用価値……？

皐のイメージの中の斉藤は、穏やかでふところの広い、頼りになる男だった。だからこそ、悪い噂《うわさ》を耳にしても否定してきたのだ。だが、今、目にしている斉藤は、ヤクザまがいの悪人としか思えない。

それに応じたのは、部屋のドアのあたりに現れた三重野だった。

「どうしても、……あなたがそうすると言い張って聞き入れなかったので、我々で仕込みました。いい感じに仕上がったと思いますが」

三重野はすでに、スーツを着こんでいた。ネクタイまで締めた服装に、乱れはない。

斉藤は三重野の言葉をフンと鼻で笑った。

「ああ。たまらんな。一気に色香《いろか》が加わった。ずいぶんと、……色っぽく鳴くのか」

「ええ。突っこまれたら最後、いい声で鳴いて、接待相手を楽しませることでしょう」

「だったら、試してみようか」

ろくでもない笑みを浮かべて、斉藤が皐の前に屈みこもうとする。だが、その前に三重野が割りこんで押しとどめた。

「……いえ。我々が、……しっかりと仕込んでおりますので」

「だから、どうなったのか、味見を」

斉藤に味見されると考えただけで総毛立《そうけだ》つ。皐は慌てて上体を起こし、三重野の影に隠れるようにいざった。だが、三重野が自分を差し出して、二人がかりで押さえこまれるようなことになったら、抵抗しきれずに犯されることだろう。

間男のようなことをした贖罪《しょくざい》にと、晃陽や三重野にされるのならまだしも、斉藤にされると考えただけで、指先まで冷たくなる。小刻みな震えが止められなくなっていた。

「そこをどけ！」

「どきません」

斉藤の恫喝にも、三重野は怯《ひる》むことはない。身体を引くことなく、畳の上にあったタオルケットをつかんで皐の肩を包みこんだ。

「わざわざ社長に確認していただく心配はございません。……どうしてもご住職《じゅうしょく》を接待要員にするのだと、あなたが主張して聞き入れてくださらなかったからこそ、我々がしっかりと任務をこなしたことを証明するためにお呼びしただけです。この通り、順調に仕上がりつつあります。他に何がお望みですか」

「何がお望みも何も」

斉藤は苛立《いらだ》って、三重野の身体を突き飛ばそうと手を伸ばした。だが、三重野はその位置を譲《ゆず》らない。揉《も》み合いになりながらも斉藤の上体を抱えこんで、三重野は宣言する。

「このままでは、あなたがあのような提案をしたのは、私情でご住職を犯したかったがためだと判断いたしますが」

「それだけはないよね、父さん。いつでも、母さんのことを愛してるって言ってるし。婿養子《むこようし》だから、母さんにも実家にも頭が上がらないし」

強い口調で割りこんできたのは、晃陽だった。シャワーを浴びていたのか、髪は濡れていて、肩にタオルを引っかけている。

「晃陽」

息子の登場に、斉藤は辟易《へきえき》した顔をした。さすがに我が子に、自分の欲望を知られるのは気まずいはずだ。

晃陽は父にまっすぐ近づいた。

「父さんがどうしてもって聞き入れなかったから、ぼくたちがその役目を引き受けることになったんだろ。前から皐さんのこと、妙《みょう》な目で見てるって指摘《してき》したら、自分にはそんな傾向はないって怒ったくせに。ぼくがゲイだって知ったときには勘当《かんどう》だって大騒ぎしたぐらいなんだから、まさか自分で皐さんを犯したいなんてないよね。——証拠《しょうこ》は見せたんだから、出てってくれる？　もう遅いし」

「しかし、おまえ」

「早く」

晃陽は親に対しては、とことん冷ややかなようだ。動こうとしない斉藤の腕を抱えこみ、強引に部屋から連れ出して玄関まで連れて行く。斉藤は納得せずに何やかやと言い返していたが、出て行ってくれたようだ。

皐は上体を起こし、呆然《ぼうぜん》と漏れ聞こえる声を聞いていた。自分のとんでもない姿を檀家総代に見られたが、今のやりとりからしてみると、斉藤はすでに皐がこのような行為を受けていたことを知っていたように思える。

――むしろ、……もともとこうするつもりだった……？

あのろくでもない接待を言い出したのは斉藤だったのだと、三重野も晃陽も言っていた。寺のことを考え、支えてくれていたはずの檀家総代が、どうして自分にそんなことをさせるのだろうか。

――そして、晃陽と三重野は、……斉藤には逆らえない？

斉藤がろくでもない本性を秘《ひ》めていたのがわかった。学生である晃陽は生計を握《にぎ》られて逆らえないのかもしれないし、三重野も政治がらみで圧力を受けたら従う必要があるのかもしれない。

あれほどまでの人物だ。本気で怒らせたら、何をされるかわからない。そんな不穏な気配を、皐も感じ取る。

――それにしても、……晃陽と三重野が、……私を調教《ちょうきょう》する役目を引き受けた、だと？

有力政治家への接待の件が、ぐっと具体性を帯びてきた。地元に利権をもたらすために、信じられないがその接待は欠かせないということだ。

皐はだるい身体を起こし、白衣を着こんだ。帯を締めて壁を背に座りこむ。

晃陽が部屋に帰ってきたのを見て、声を投げかけた。

「妙なことを――今、聞いたんですが」

声を放つのも億劫《おっくう》なほど、疲れ切っていた。だが、このことは後回しにできない。

皐は顔を上げて、二人を交互に見つめた。

「私を……政治家に……差し出すというのは、……本当だったんですね」

心の奥底では、それが本当でなければいいと願っていた。常識的にあり得なかったし、いつしか二人に対して温もりを覚えていた。

三重野は皐の眼差しを受け止め、ごまかすことなくうなずいた。

「本当だ。どうしても社長が、そうすると聞かなかった。それが、……檀家の総意だと。こんなときのために、寺に金を出しているのだと言い張ってな。捨てられていたおまえを引き取ったのは、こんなときに役に立ってもらうためだと言って、聞く耳を持たない態度だった」

「……っ」

皐の肩が震える。

自分のいないところで、そんな相談がなされていたなんて知らなかった。

檀家たちに育ててもらったことを、ずっと感謝していた。長年の恩義《おんぎ》に報《むく》いるためには、立派な住職になるしかないと懸命《けんめい》に努めてきた。

——それなのに、私を育てたのは、……こんなときのため……？

その言葉が、寺のために尽くしてくれた檀家総代の口から放たれたのが、何よりショックだった。

本堂の屋根が台風で破損《はそん》して緊急《きんきゅう》の修繕費《しゅうぜんひ》が必要になったとき、斉藤がポンと金を出してくれたことがある。その金を前に、養父が何度も頭を下げていた姿を覚えている。祭りや行事で手が足りないときには、気安く会社の人間を動員してくれた。

——……私は、……そんな形でしか役に立たないと……。

人一人を育てるには、金も手間もかかる。

寺は貧《まず》しく、質素倹約《しっそけんやく》を旨《むね》とした生活でもカツカツだった。進学するときには返済義務なしの奨学金《しょうがくきん》をもらうことができたが、それでもかなりの金がかかったはずだ。

だが、その恩《おん》をこんな形で返せだなんてバカげている。立派な住職になるのではなく、色香を振りまき、身体で接待することで、莫大《ばくだい》な利権を地元に導けだなんて。

顔から血の気が完全に引いていた。

皆が皆、そんな考えではないはずだ。

だが、信頼して全てをゆだねてきた檀家総代や、その息子である晃陽、尊敬していた三重野までもが、自分をそんな形で利用することに同意したと知らされると、皐は何を信じていいのかわからなくなる。

皐はうつむいた。途方《とほう》にくれると、人は笑うしかないことを思い知らされる。歪《ゆが》んだ笑みを浮かべているのを自覚しながら、他の表情を浮かべる気力もない。全身から力が抜けて、だらんと手が畳に落ちた。

「逆らい、……きれなかったんですね」

絶望に満ちた恐怖が、全身に広がっていく。

斉藤も、晃陽も三重野も、皆、皐を接待用に調教しようとしていた。

それだけの行為だというのに、自分は何を誤解し始めていたのだろう。

さきほど胸に広がりかけた、温もりの感覚を思い出す。好きだとか、大切にしたいとか、されたいとかいう、くすぐったいような感覚。だけど今は、その温もりは去っていた。裏切られた絶望感だけではなく、愛されるかもしれないと自惚《うぬぼ》れていた自分に憎しみの感情すら芽生《めば》え、世界が荒涼《こうりょう》とした砂漠《さばく》のように感じられる。

喘ぐように、皐は続けた。

「……晃陽が、……先輩と別れられなくて困っているから、助けてくれと言ったのも嘘《うそ》で、……先輩が私との行為を見て怒ったのも、……全部、……嘘で……」

全てが自分を騙すための嘘だった。自分だけが道化《どうけ》だった。

失望のあまり、涙も出ない。胸が空《から》っぽだった。

皐の言葉を、晃陽も三重野も否定しようとはしなかった。

それは、事実だと認めているからだ。胸を圧迫されるような苦しさが増す。

皐は身体を引きずるようにして立ち上がり、玄関へと向かった。ただ去ることしか考えられない。

ひどく混乱していた。とにかく、一人になりたい。頭を冷やしたい。

外気に晒されてようやく、こんなにも辛《つら》いのは、自分が二人のことを好きになっていたからだと気づいた。

だけど、どうしようもない。

自分はただの道具だ。

人権を剝《は》ぎ取られ、利権のために利用されるだけの——。

〔五〕

真実がわかったことで、皐は何か憑《つ》きものが落ちたように楽になった。

晃陽の家に通い始めるようになってから、胸の中に得体の知れない奇妙な感覚が湧き始めて、疲れ切っているのに、考えこんで眠れないことがよくあった。

だが、騙され、利用されていただけだとわかったからには、全てを捨ててしまうしかない。あれこれ悩むことはなくなったというのに、こんなにも胸が痛いのは失恋したからだろうか。

——自覚した途端に、失恋ってのも、私らしいな。

自分は本当に愚《おろ》かだ。晃陽を意識するようになったのは、好きだと告白され、慕《した》ってこられたからだろう。三重野にも昔から憧れていたが、それらの気持ちが恋に変質したのは、おそらく肌を合わせたためだ。

——これが、……情が移る、ってことか。

自分は極端《きょくたん》に、恋愛に免疫《めんえき》がないのかもしれない。寺という特殊な環境で育ったためか、いつでも腹を減らした子供のように、愛情に餓《う》えている。

愛されたい気持ちをごまかすために修行して煩悩《ぼんのう》を捨てようと努力し、それもできず、悟《さと》りも得られずにもがいていたところだった。

そんな自分に、絶好の修行の機会が巡《めぐ》ってきたと思うしかない。こんなときこそ勤めに励《はげ》むべきだ。煩悩を捨てるための手段も、自分はすでに知っているはずだ。

だからこそ、朝から晩まで熱心に励んでいるのだが、そんな皐の行動は、傍目《はため》には度を超えて見えたらしい。何時間もぶっ通しの勤行《ごんぎょう》を終えた後で、檀家がくれぐれも無理はしないようにと言ってきた。

――だけど、……何かすることがないと。

余計なことを考えたくなかった。

境内の草取りをしたり、本堂の物入れを掃除して寺の過去帳や所蔵品を整理したり、墓《はか》の管理の書類を作成したり、休む間もなく動き続ける。だけど、空虚《くうきょ》ながらも笑顔は浮かべられていたはずだ。檀家に自分の変化を知られたくなかった。

雨漏《あまも》りするようになった庫裏《くり》の屋根や、不具合が相次ぐ水回りもどうにかしたかったが、さすがに素人《しろうと》ではどうにもならない。斉藤に頼めば気安く職人を差し向けてくれるかもしれないが、この状況では電話で話すことすら恐怖だった。

少しは経営状況を見直そうと、ずっと養父が檀家預けにしてきた寺の帳簿《ちょうぼ》などに目を通そうと考えた。だがその書類は寺にはなく、檀家に尋ねたら、それも檀家代表の斉藤が管理しているそうだ。檀家の一人を通じて帳簿を取り寄せようとしてみたが、住職はそのように細かいことに関わる必要はないという返事があったそうだ。渡されたのは、檀家たちにも公《おおやけ》にされている書類数枚に過ぎない。

――わりと収入はあることになってるけど、……何に使っているのかな。

皐は深夜、その書類を眺めて不思議に思う。

だが、寺を維持管理していくのには金がかかるようだ。金銭的《きんせんてき》なことには深入りしないことにして、翌日からまた自分のできる範囲で本堂を掃除し、庭の木々も伐採《ばっさい》し、墓周辺にも手を入れていく。

くたくたになるほど日々身体を酷使《こくし》していたが、布団に入ると寝つけない日々が続いていた。どうしても晃陽や三重野のことを考え、息苦しさが募る。眠れないまま夜が白々とするまで寝返りを繰り返し、寝不足のまま起き出しては仕事をする日々が続いていた。

寺の大掃除だけにとどまらず、皐は身辺の整理も始めていた。

ここは自分の生まれ育った寺だ。だが、自分に望まれていたのは、立派な住職になることではなかった。

それがわかってしまったからには、将来への希望も夢も消え失《う》せる。もともと宗教心からというより、檀家への恩返しという意味で、住職になりたかったのだ。その気持ちが踏みにじられた今、ふらりと姿を消してしまいたいような衝動《しょうどう》が生まれていた。どこか遠いところで一から仕事をして生まれ変わるか、それがかなわないのならのたれ死んでしまってもいい。

だけど、消える前に、捨てられた自分を育ててくれた檀家に、最後の礼をしておかなければならない。

——接待で。

そのことを思うと、皐の表情は泣き出しそうに歪む。

そんなことしか期待されない自分が歯がゆくて、苦しくて、叫び出しそうだ。やけになっているのはわかっている。だが、それくらいは役に立っておかないと、それこそ自分の存在価値が確認できない。

——それに……。

裏切られても、晃陽と三重野に対する思いがあった。あの二人が自分がそうすることを望んでいるのだとしたら、かなえるしかない。悔《くや》しくて、悲しくて泣き出しそうだが、どうしても二人のことは嫌いになれない。

——どうしてかな。……今でも……。

泣きそうになるから、あの二人のことはできるだけ考えないようにしていた。それでも時折《ときおり》、晃陽に抱きしめられてうとうとしていたときの温もりや、三重野が差し入れとして檀家に託してくれた豆大福の味が蘇る。

そのたびにこみあげてくる狂おしいほどの激情を、皐はやりすごすしかない。

斉藤のことは皐のほうから避けていたが、晃陽と三重野もさすがに連絡してこなかった。

——いいのかな。……少しでも間を置くと、接待のときに身体がキツくなるって言ってたけど。

そんなことをぼんやりと思い出したが、自暴自棄《じぼうじき》になっている皐にとってはどうでもよかった。ケガをしても、痛くてもかまわない。いっそその場で、殺してくれればいい。

日々は過ぎ去り、あれから一週間が経った。

カレンダーを見ると、接待がどうの、と三重野が言っていた時期がそろそろだ。それでも連絡がないのを不審《ふしん》に思っていた朝に、勤行《ごんぎょう》の後で斉藤が本堂に現れた。

本仏《ほんぶつ》の前で、声を潜めて囁かれる。

「今日がその日だ。夕方、六時ごろに迎えに来る。沐浴《もくよく》をして、服装を整えておけ」

「服装を整えるとは」

皐は理解できずに、問い返す。

斉藤と顔を合わせたのはあのとき以来だったが、すっかり開き直ったのか、悪人面で笑いかけられた。

「坊主の服装だ。いつもの、白衣の上に、薄い墨染《すみぞ》めの衣を重ねた姿がいいだろう。それが一番、おまえが色っぽく見える」

ねっとりと、首筋から胸元に視線を這わされた。それだけで、鳥肌が立つ。

「私服では、ダメなのですか」

「ダメだ。先方も、保証が欲しいんだよ。自分の相手が、この行為を絶対に外に漏らさないという確約が。それに坊主を抱くなど、滅多《めった》にない体験だろうし」

「……わかりました」

皐は何も考えないようにして、うなずいた。

もう何でもよかった。魂《たましい》が抜けて、ずっと宙をさまよっているような非現実感がつきまとっている。これさえ済ませたら、自分は遠くにいける。ここではないどこかに。だから、これは最後の役割だ。

その後は、何をして過ごしたのか、ろくに覚えていない。気がつけば予定の時間が近づいており、肌が凍《こご》えきるほどシャワーを浴びていた。食事もしていないことに気づいたが、食欲など欠片《かけら》もない。

このまま、消えてしまいたい。見知らぬ男に犯されると考えただけで、苦しくて気持ち悪くて、死にそうだ。

——だけど、それを晃陽と三重野が望むのなら。

裏切られたと知った直後は、恨《うら》む気持ちも存在していた。だが、今となってはその気持ちは消え、逆に二人に感謝するような気持ちにすらなっていた。

——初めて私に、……好きだという気持ちを教えてくれた人だから。

二人がいなかったら、一生そんな気持ちを知ることはなかっただろう。愛欲に満ちた、狂おしいほどの交感の記憶を与えられた。それ以上に大切な、「好き」という気持ちをもたらしてくれた。

それだけでもう十分だ。

二人は、皐にとって特別だった。

晃陽は弟のように、三重野は憧れの人として。

——二人が眩しかった。好きだった。二人の特別な存在になれて、嬉《うれ》しかった。

住職になると決めたときから、皐は全ての恋愛や人間関係から一歩引いていた。そんな自分が、否応なしに巻きこまれた。

——利用されていただけだけど、……愚かな私は、二人のことを好きになった。

だから、もういい。この思いが成就《じょうじゅ》するなんて初めから思っていない。恨んでも意味のないことだから、後はただ二人の役に立つように努力して、この地を去りたい。

そんなふうに気持ちが決まったころ、本堂に斉藤の声が響いた。

「迎えに来た。ご準備は済んだか」

皐はうなずいて、振り返る。もう夕方だ。

言われた通りに、白衣に透《す》ける墨染めの衣を重ねている。

足袋《たび》の上に雪駄を引っかけて、外に出た。


高級車に乗せられて、向かった先は隣町のようだ。

斉藤自らがハンドルを握っていた。セクハラに近い言葉をいろいろと浴びせかけられたが、心ここになかった皐は、そのほとんど全てを聞き流した。じきに車内には沈黙《ちんもく》が落ちる。皐はひたすら、目に映る車窓の風景を眺めているだけだった。

移動する間に、日はどっぷりと暮れた。スクーターで走り回っているものの、あまり遠出はしないから、どこを走っているのかわからなくなる。

車はやがて竹林に隣接した、黒塀《くろべい》の和風の大きな建物の前で停まった。

間接照明が照らし出しているのは、格式高そうな日本家屋だ。高級旅館か、料亭に見える。

車が停まるなり羽織袴《はおりはかま》の従業員が出てきて、二人を案内してくれる。フロントやエントランスなどを経由することなく、別棟の離れに通された。誰ともすれ違わず、竹林を揺らす風の音しか聞こえない。

斉藤はよくここを利用しているらしく、勝手知ったる様子だった。

離れに入ってすぐの和室には、掘《ほ》りごたつ形式の大きな座卓《ざたく》が中央に据《す》えられていた。席についてしばらく経つと、手のこんだ前菜が運ばれてくる。だが、皐は手をつける気にはなれなかった。

これから、相手が来るのだろう。手順などどうでもいいから、早く済ませてもらいたい。

だが、正気ではいたくなくて、斉藤が注文した大吟醸酒《だいぎんじょうしゅ》には手を伸ばした。

「先様は、……遅くなるのですか」

気になったのは、食事が二人分しか準備されていないことだ。床の間を背にした皐の向かいには、斉藤しかいない。来るはずの相手の席が、準備されていない。

斉藤は酒を口に運んでから、微笑んだ。

「ああ、遅くなるようだから、二人で始めておけということだ」

斉藤はニヤニヤと笑っている。

運ばれてきた食事は、どれも季節に応じた贅《ぜい》を尽《つ》くした和食だった。だが、酒しか喉《のど》を通らない。

自分は果たして、ちゃんと接待できるのだろうか。逆に相手の機嫌《きげん》を損《そこ》ねるだけの結果に終わらないだろうか。

喉がギュッと圧迫されたようで、呼吸も浅くしかできない。指先まで冷たかった。

晃陽や三重野の顔が頭をかすめただけで、胸が痛くなる。晃陽と三重野以外の見知らぬ男を、身体で接待しなければならないのは辛すぎた。

そんな迷いを振り切るために、皐は次々と杯《はい》を重ねる。何もかもわからなくなるほどに、酔《よ》ってしまいたかった。

そんな皐を、斉藤は舐めるような目で見つめていた。

「それにしても、……美しくなったな。少し痩《や》せたか？　その墨染めの衣がよく似合って、剝ぎ取りたいという煩悩を誘われる。思春期のころから、匂《にお》いたつほどになった」

「やめてください」

皐は冷ややかに遮った。

寺を出るとき、鏡《かがみ》に映っていた自分の姿を思い出す。紙のように蒼白《そうはく》な顔色で、唇からも色が失せていた。こんな坊主を、今日の相手は抱きたいと思うのだろうか。諦《あきら》めてくれないだろうか。

自分は不器用だから、相手の不興《ふきょう》を買うことしかできない気がしてならない。

どうしても恐怖心が消えず、いっこうに酔えなかった。

仲居の出入りを少なくするためなのか、料理は重箱に盛りこまれて運ばれてきた。前菜がいろいろ詰めこまれた最初の重箱が下げられると、二の重、三の重と運ばれてくる。

だんだんと食事の時間が、終わりに近づいている。いろいろと寺のことや地域のことを話していた斉藤が、また嫌な話に戻してきた。

「にしても、うちの息子や若先生は、あんたにどんな仕込みをしたんだ？　挿入できるようにしたと聞いたが、口や手での奉仕のほうも？」

「やめてください」

その手の話は、冗談でもしたくなかった。

気分を変えたくて、皐は席を立った。洗面所に行こうと思ったのだが、立ち上がってすぐに、自分がふらつくほど酔っているのに気づく。

それでも転ばないように用心していたが、斉藤の横を通り抜けようとしたときにいきなり足を引っかけられた。防ぎようもなく、まともに転がる。腕や胸をしたたかに畳に打ちつけて痛みに固まっていると、斉藤がのしかかってくる。肩をつかまれ、仰向けにひっくり返された。

「何を……っ」

声すらまだ、まともに出せない。

「味見させろ。この間は邪魔《じゃま》されたが、接待前に……っ、私にもその権利がある」

斉藤は酔っているのか、剝《む》きだしの獣欲《じゅうよく》を隠そうとはしなかった。

腕にこめられた力が、これは本気だと伝えてくる。焦った皐は、その身体をはねのけようと渾身《こんしん》の力で暴れようとした。

だが、斉藤は慣れているのか、上手に力を逃してマウントポジションを保ち続ける。その合間に、服の上から股間《こかん》に手を這わせてきた。そこに触れられて淫らに動かされると、ぞわぞわして全身の力が抜ける。

「やめて……っ、ください……！」

どうにかそこから手を外そうとしたのに、それがかなわないうちに斉藤が大胆《だいたん》に着物の裾《すそ》を割った。下着の上から握りこまれて弄られると、皐はわずかに反応してしまう。ひどく息が切れてまともに動けないのは、飲み過ぎたアルコールのせいもあるのかもしれない。

「こんなところを、……接待主に、……見つかったら……」

そんなことを訴《うった》えるのが、せいぜいだった。

だが、斉藤は慣れた手つきで帯を抜きながら嘲笑《あざわら》う。

「なぁに、今日は来ない。今日は私が味見をするために、わざわざ設定したんだ。晃陽と若先生の仕込みだけでは心配だから、私が直々《じきじき》に教えてやるよ、男の味を」

「……な……っ」

今さらながら、斉藤にはめられたと知って、愕然《がくぜん》とする。

必死になって斉藤の身体を押しのけようとしたが、その力を利用されてうつ伏せにひっくり返された。あらかじめ準備してあったらしきピンク色の柔らかな紐で、手首をしっかりと縛られてしまう。

急激に動いたせいで酒がますます回り、吐《は》き気《け》がこみあげて、ただ呼吸をしているだけで精一杯《せいいっぱい》だった。全身から冷《ひ》や汗《あせ》がわき上がる。

仰向けに戻され、乱れきった衿《えり》をさらに左右に開かれた。

「ご住職の肌の白さは、驚異的ですな。ピンク色の、ここの感度はいかほどかな」

その言葉とともに、胸元に斉藤の指が伸びてくる。乳首がどれだけ敏感かを知っている皐は、気配を察しただけでも息を詰めずにはいられない。

「やめて、……くだ……っひ、……っや、ぁ……っ」

斉藤の指が乳首をつまんで、ぐりっと転がした。それだけでも、腰が跳ね上がるような感覚が生み出される。こんな男相手に感じたくはなかった。それは晃陽や三重野に対する裏切りのような気がしてたまらないのに、嫌だと思えば思うほど、そこは硬く突き出して感度を増していく。

「乳首が弱いとは、たまらない坊主だな」

正体を現した斉藤の下卑《げび》た囁きを浴びせかけられながら、くにくにと乳首を転がされ続ける。

さらに股間にも手が伸びて、乳首とともにしごき上げられた。そこの質量が少しずつ増していくのがいたたまれない。

「やめて、……ください。……っ、接待は、……しますから、このようなことは……っ」

「まずは私を接待しろ。寺にはどこよりも多く、寄付《きふ》を弾んでいるはずだ」

乳首から斉藤の指が離された。ねっとりとした目で、その小さな部分を観察される。

「いやらしい色をした乳首だな。あいつらにさんざん嬲られただろうに、形も色も変わってはいない。いつか見た通りの、清楚《せいそ》な色だ」

見つめるだけでは足りなくなったのか、斉藤は舌を伸ばしてべろりとそこを舐めた。

「っひ、あ！」

そのぐねっとした生温《なまあたた》かい感触に、皐の上体が跳ね上がる。斉藤の唇がそこに吸いつくと、全身が総毛立つような不快感がこみあげてきた。

——嫌だ嫌だ嫌だ……っ！

これは晃陽や三重野にされたのとは違う。がむしゃらに暴れようとしたが、胸を反らせて斉藤の頭から逃れようとするたびに、その敏感な部分に歯を立てられる。

「やめ、……っ、やめて、……くだ……っさ……っぁ、あ……っあ、あ……っ」

涙が溢れた。

接待としてなら何をされても仕方がないと、覚悟を決めたつもりだった。だが、この土壇場《どたんば》にきて、自分がそれを受け入れることができないことを、嫌というほど認識する。

——こんなの、……死んだほうが……マシ、だ……。

晃陽や三重野にも、似たようなことをされてきた。だからこそ、どうにかやりすごせると思っていたのだが、まるで違うと理解する。我慢できたのは、相手があの二人だったからだ。もともと好きだ。憧れていた。

だが、斉藤に犯されることなど耐えきれないし、接待も無理だ。

嫌悪感に、身体が震える。膝をガッチリ抱えこまれ、身体の中に無理やり斉藤の指が入ってきたときには、絶望にうめいた。

「やめてください……！　これ以上……される……なら、……舌を嚙みます……！」

本気だった。

さすがに舌を嚙んだら、斉藤はこの行為を中止せざるを得ないだろう。

皐もただではすまないだろうが、どんな代償《だいしょう》を払ってもいいと思うほど耐えきれない。

涙が頰を伝った。

あの二人が好きだった。憧れていた。利用されていたに過ぎなくても、騙されている間は夢を見ることができた。

皐の悲痛な覚悟が伝わったのか、斉藤が驚いたように動きを止めた。体内にある指を抜き取り、顔をのぞきこんでくる。

「舌を嚙むなんて、そこまで私が嫌いか」

「嫌いも何も……」

何か物音が近づいてくる。それは救いなのか、この状況をより悪化させるものなのか。判断もできないぐらい、思考力が麻痺している。

「皐さん……！」

大きく襖《ふすま》が、開け放たれた。

聞き覚えのある声に、皐はハッとして顔を向けた。

そこにいたのは、晃陽と三重野だった。ひどく息を切らしていて、大慌てでここに来たことが伝わってくる。この部屋で何が起きていたのかは一目瞭然《いちもくりょうぜん》だったらしく、三重野は無言で歩みよって皐にのしかかる斉藤を乱暴に引き離した。

「どういうことです、これは」

きつい眼差しと態度で斉藤を威圧《いあつ》してから、三重野は畳に転がる皐の前に屈みこんだ。

「大丈夫だったか？」

大きく裾を割られて、その足の間に斉藤の身体を挟みこまれていたが、まだ挿入はされていない。そのことを、三重野は素早く確認したらしい。皐の背に腕を回して引き起こしてから、きつく抱きしめてくる。

その腕にこめられていた力と、ひどくホッとしたような態度に、皐も安堵《あんど》を覚えた。緊張に張りつめていた全身から、力が抜けていく。その腕の温もりに溺《おぼ》れそうになった。だけど、違和感がある。こんなふうに自分が、大切なもののように扱《あつか》われるのは変だ。

それに加えて三重野の身体が小刻みに震えていて、どれだけこの状況に怒りを覚えているのかが伝わってくる。まだ乱れが治まっていない呼吸や肌の熱さによっても、三重野がどれだけ急いでここに駆けつけてくれたのかが理解できた。

――何で……？

どうしてなのか、わからない。それでも、三重野にこんなふうに抱きしめられるだけで鼻の奥がツンとした。あんなのは嫌だ。好きな人間としか、関係を持ちたくない。一気に感情が爆発《ばくはつ》して、涙が止まらなくなる。

「大丈夫。大丈夫だから」

そんな皐をあやすように撫でながら、三重野が手首の紐を解いてくれる。そのとき、晃陽がとげとげしい口調で父を攻撃《こうげき》するのが聞こえてきた。

「何か様子がおかしいと思ったら、ぼくに隠れて何をしてるんだよ……！」

「いや、……その、……だな。おまえたちがどれだけ上手にできるようになったのか、確認させてもらおうと。……そ、それにしても、何だ、おまえたち……！」

驚きのあまり勢いを削《そ》がれていたらしい斉藤だが、ズボンをずり上げながら反撃し始めた。

「おまえたちに、これを止める権利はない。出て行け……！　何でここを知ったのかは知らんが、今回は私の番だ！」

邪魔をされたのが我慢できないのか、斉藤は大声でわめき散らす。

「三重野くん。君のお父さんに、正式に抗議《こうぎ》してもいいんだよ。それに晃陽もだ。誰に養《やしな》ってもらってると思ってる！　寺も、うちからの寄付がなければ立ちゆかないぞ……！」

開き直ったら、斉藤のほうが強い立場なのだろう。

だが、皐をかばうように抱きしめたまま、落ち着いた口調で三重野が切り返した。

「お言葉ながら、以前はあなたに逆らいきれませんでしたが、今は違います」

「何が違う！　私に逆らうつもりか！」

「寺への寄付とおっしゃいましたが、ずっと気になっておりましたので、晃陽に協力を求めて、ここ二十年の寺の経理を洗いざらい調べさせていただきました。あなたが檀家総代になってからの、全記録です。それなりの収入があるにしては、寺の生活がかなり厳しいのが気になりまして」

「な……っ」

「顔色が変わりましたね。寺への寄付として計上している金がどこに流れているか、ご説明させていただきましょうか。一部は、うちの父にも流れているようですから、心苦しいのですが」

――寺への寄付が、……どこかに流れている……？

思いがけない話を切り出されて、皐は愕然とした。寺は宗教法人だから、原則的に非課税だ。その収支のチェックは、他業種に比べてかなり甘いだろう。経理は前住職の代から檀家総代である斉藤が一手に引き受けており、夏祭りなど大きな金が動く際に、その報告や相談がなされるぐらいだ。

「何を言ってるんだね、君は」

明らかにたじろいだ顔を見せる斉藤に、容赦なく晃陽が切りこんだ。

「つまり、父さんが寺に寄付するという形で違法な政治献金を積んでた件について、ぼくたちが証拠をつかんだってこと。前の住職さんも皐さんも、お金にはタッチしようとはしないクリーンな人だったから、都合よくトンネルさせてたんだろうけど。寺に寄付をしてるって言うけど、寺はボロボロで、他の檀家さんたちの寄付でどうにか持ってたようなもんじゃん。それに、政治献金以外にもあやしい金の動きもあるみたい。もしかして、愛人でも囲ってる？　母さんに言ったら、大騒ぎになるだろうね」

くすくすと晃陽が笑う。

政治献金よりも愛人のほうがマズい事態らしく、斉藤はあからさまに焦った顔をした。

「それは違う。金は別のことに使ってるんだ。だから、母さんには……」

「どうしようかな。もう愛人のことも調べてあるんだよ」

晃陽が父親に向ける目には、冷ややかなものしか漂《ただよ》っていなかった。

斉藤はそれに気づいていないらしく、息子を説得しようと向き直った。

「だが、……っ、そんなことを暴露《ばくろ》してどうなる？　私が捕まるようなことがあったら、おまえは大学にも通えなくなる。就職にも影響《えいきょう》するはずだ。それに、若先生やお父様にも……」

「私としても、あまり表沙汰《おもてざた》にしたくない情報ですよ。ですが、あなたがどうしてもご住職に無体《むたい》なことを強要されるのでしたら、こちらにも覚悟があるということです」

すかさず、晃陽も付け足した。

「皐さんに手を出したら、ぼくは洗いざらいぶちまけるからね」

二人から伝わってくる覚悟に、皐は息を呑むことしかできなかった。

やがて辟易したように、斉藤は三重野に視線を移した。

「このバカ息子をたしなめてやってくれ。ことが公になったら、君のお父様にも火《ひ》の粉《こ》が……」

三重野もまるで動じず、鼻で笑った。

「かまいませんよ。ご住職を守れるのでしたら、他に何を差し出してもいい。それぐらいの覚悟が私にもあることを、まずはあなたに知っていただきたい」

二人の言葉に、皐の胸はいっぱいになった。

──何で……。

息が詰まる。

そこまでの犠牲《ぎせい》を払ってまで、自分は守られるような人間ではない。それでも、見捨てられた思いでいた自分を守ってくれる人がいたと知って、胸が熱くなる。

「それじゃあ、接待はどうなる！　先方は期待されているし、今さらやめるというわけにも」

「先方は、それどころではないようです」

そのことについても対処済みらしく、三重野は静かに言って皐の身体を抱き直した。

「別の愛人との関係が発覚しそうになって、週刊誌の記者が朝から晩まで張りついているそうです。お断りの電話が、そろそろ入るころかと」

「だが……っ、誘致はどうなる……！　病院や、介護施設は」

「別ルートでの誘致に、ほぼ成功しております」

こともなげに三重野が言い放った。

「成功？」

斉藤も、それは初耳だったらしい。

三重野は淡々《たんたん》と、その誘致が成功したプロセスについて説明を始めた。

政治家ルートではなく官僚《かんりょう》ルートを使って働きかけを行い、立地評価検討委員会で委員の大多数を抱きこむことに成功したそうだ。来週、その委員会で採決が行われ、本決まりとなる。

驚いているのか、斉藤は口をぱくぱくさせた。

「そんなルートがあるのなら、なんで最初から……」

「伝えましたよ。ですが、あなたがあの議員のルートに固執《こしつ》して、どうしてもご住職を接待要員として差し出すと聞かなかったんでしょうが。ですから、それとは別に、こちらのルートを利用させていただきました。ちなみに、長年、裏金に塗《まみ》れていたその議員にはそろそろ年貢《ねんぐ》の納め時がきているらしく、国税が裏献金について調べ始めたと聞きました。それに関連するような証拠が、残されているのでしたら」

「何だと！」

焦った様子で、斉藤が立ち上がる。

後ろ暗い心あたりが山のようにあったらしく、斉藤の行動は素早かった。服装を整えるなり、あちこちに電話しながらあっという間に姿を消す。

斉藤がいなくなってから、皐はあらためて三重野と晃陽を見た。

二人はホッとした様子を隠さない。皐はまずは二人の前で正座に座り直して、深々と頭を下げた。

「その、……今回は、いろいろ手間をかけまして」

斉藤に騙されてこんなところに連れこまれ、犯される寸前だった。すんでのところを助けてもらった感謝は、どんなにしても表しきれない。

晃陽が照れたように笑った。

「間に合ってよかった。そんなに、かしこまらないでよ。父さんがあやしい動きをしてるのは知ってたんだけど、ちょっと目を離した隙《すき》に、遠くまで行っているのが、車につけといたGPSでわかったんだ。ここは父さんがとっておきの情事に使う店だったから、まさかと思って駆けつけてみた。玄関であなたの雪駄を見て、すごく焦ったよ。とにかく、皐さんが無事でよかった。……最初っから、皐さんに指一本触れない形で処理できればよかったんだけど、あの色ボケジジイがどうしてもあなたを接待要員にさせるって聞かなかった。そんなことを言い出す裏には、あなたに対する下心があったからに決まってるんだけど。……頑固《がんこ》で欲深いから、ぼくたちに邪魔されても、こんな形で連れこむこともあるって、もっと気をつけておくべきだった」

ごめんね、と囁かれて、皐は困惑する。

謝るのは、こちらのほうだ。こんなところに騙されて連れこまれたほどの、迂闊《うかつ》さ。

「ところで、帳簿っていうのは……」

先ほど言っていた策動《さくどう》が信じられなくて三重野に顔を向けると、本当だと肯定するようにうなずいた。

「おまえの調教が順調に進んでいるのを社長に見せて時間を稼《かせ》ぐ傍《かたわ》ら、やつを止めるために弱味を握る必要があったし、別ルートで病院を誘致する必要もあった」

「ついでに、例の議員のろくでもない所業《しょぎょう》をつかんで、写真週刊誌に流さなくちゃいけなくて、すごく大変だったんだよ。でも、うまくいった。ほとぼりが冷めるまで、あの議員はおとなしくするしかない。裏献金を国税が嗅《か》ぎつけたようだし、下手《へた》したらその件で失脚《しっきゃく》するかも」

「失脚って、……いいんですか?」

皐は三重野の表情をうかがう。

その議員は三重野の父と同じ党の重鎮《じゅうちん》だったはずだ。派閥《はばつ》は別のはずだが、それなりに近い関係なのは変わりない。

三重野はうなずいた。

「ああ、いい。……そろそろ、あの男は潰《つぶ》すか、無力化したいという父の意向がある」

薄笑いを浮かべながら囁かれた言葉に、ぞくりとした。三重野がいるのは、食うか食われるかの世界らしい。同じ政党内でもかばう必要はないようだ。

三重野が皐に近づき、そっと頭に手を置いた。それから畳に膝をつき、額《ひたい》と額を擦りつけるようにして囁かれた。

「悪かったな、樫森《かしもり》。おまえを、……俺の力が足りないばかりに、ろくでもない目に遭《あ》わせた」

「いくら父さんから守るためだったとはいえ、騙すことになってごめんね」

晃陽も皐を奪わせまいとするように、反対側から皐の肩を抱きこんでくる。

二人に触れられて、皐は動けなくなった。裏事情を明かされると、全てが自分を守るためだとわかる。二人が大変な手間を払ってくれたのを知って、胸が熱くなる。

二人が何もしなかったら、自分はのこのこ斉藤に誘《おび》き出《だ》され、犯され、調教されて、身も心も崩《ほう》壊《かい》させていたことだろう。

――だけど、……あそこまでされる必要があったのかな。

皐にはそこが引っかかる。調教する役目を請《う》け負《お》ったとはいえ、もっと形だけで良かったはずだ。事情を説明してくれたら、皐は自分なりに下手な演技をして斉藤の目をごまかすこともできただろう。

――だけど、あんなことをされても耐えられたのは、晃陽と先輩に心を許していたからだ。恋心をくすぐられ、身体への甘い悦楽に囚われた。相手が斉藤だったら、こうはいかない。

――そもそも、……罠《わな》にはまったのも、……晃陽に誘惑《ゆうわく》されて、それにあらがいきれなかったせいい。

もっと自分を律《りっ》していたら、あの時点で食い止めることができた。晃陽の色香に惑《まど》わされた末の、自業自得とも言える。

それを思い出したとき、チリッと胸が痛んだ。晃陽と三重野が付き合っていると知ったときから、ずっとつきまとっている痛みだ。

「先輩と、……晃陽は、本当に付き合っていたんですか」

この機会を逃《のが》してはいけない気がして、問いただしていた。

苦笑しながら答えたのは、晃陽だった。

「ちょっとだけ。傷を舐め合うような関係だったんだ。皐さんが加わったことで、ぼくたちに欠けてたものが埋《う》まった気がする」

そんなふうに言われるのが、何だか嬉しい。じわりと涙がにじんだ。ぎゅっと目を閉じると、三重野がすぐそばから囁いた。

「何て顔してんだよ」

そんなつぶやきとともに、顎《あご》をつかんで三重野のほうを向かされ、軽く唇を塞がれた。その感触にあの幻のキスは現実だったのかもしれないと思い知らされて、皐は驚きに固まった。

――……すごく甘い。

電流のような痺れが、唇から広がっていく。

好きな相手と交わすキスは、これほどまでに身も心も溶かす。晃陽とのキスのように、背筋がぞくぞくして多幸感《たこうかん》に包みこまれる。

その甘さに引きずられて、皐は唇が離されるなり口にしていた。

「……昔。……先輩が、もう覚えていないかもしれない大昔。……学生のときの夏合宿で、先輩にキスされた記憶があるんです」

そんなのは記憶違いだと、笑い飛ばされると思っていた。だが、三重野は一瞬、複雑な顔をした後で、照れたように笑った。

「気づかれていたとは、……知らなかった。おまえはいつも、可愛い顔をして寝てるんだ。愛《いと》しくて申し訳なくて、……キスぐらいしたくなる」

三重野の心情が思いがけないタイミングで吐露《とろ》され、自分は愛されているのかもしれないと錯覚しそうになる。愛しさが感じられる眼差しに、息が詰まる。

「せんぱ……」

また唇を塞がれそうになったとき、それを阻止《そし》して皐の顔を自分のほうに向けさせたのは、晃陽だった。

「ちょっと！　勝手に雰囲気出さないでくれる？　皐さんはぼくのものなんだから……っ！　一浩がどうしてもって言うから、ちょっと貸してあげただけで」

「貸したも何も、聞いただろ。樫森は学生時代から俺のだ」

「それを言うなら、生まれたときからぼくの」

言い合いが始まったが、そんな立場になったことがないだけに、どうしていいのかわからない。

晃陽があらためて皐の顔をのぞきこんで、言ってきた。

「ぼくが好きなのは、……皐さんだけ」

その言葉とともに、うやうやしく唇を押しつけられる。

そのキスに、三重野が割りこんできた。

「晃陽に、……少しでも渡したくないと思うほど、おまえが好きだ。騙す形になって、……本当に、申し訳なかった」

二人から告白されて、その思いを伝えるようなキスを受ける。

唇を交互に二人に奪われ、唇を割られ、舌が入ってきた。共有されると、すぐにどちらがどちらのものなのか、わからなくなる。こんなふうに肉欲に溺れてはいけないとストップをかける心もあるはずなのに、もっと愛されたいし、愛したいと思う心を止められない。

二人とも好きで、大切で、キスを拒《こば》めないままだ。

〔六〕

駅前への新総合病院と介護センターの誘致の成功を、皐は外出していた先で目にしたテレビのニュースで知った。

あの日から一週間後の立地評価検討委員会で、正式に決定したらしい。市役所で職員が万歳《ばんざい》をし、くす玉が割られるところが画面で流されていた。

皐の寺の檀家も、それを受けて大喜びだった。

例の議員は愛人問題に闇献金《やみけんきん》問題も加わり、マスコミに追い回されているらしい。ニュースで、その情報も報じられていた。

斉藤社長は大丈夫なのかと晃陽にこっそり聞いてみたら、すでに危険なものは処分《しょぶん》したそうだが、今回の件でひどく懲《こ》りたらしい。

跡目《あとめ》を晃陽の兄である若社長に譲ることに決めて、海外への移住計画を進めているという。愛人の件が妻や妻の実家にバレるのが何より怖いらしく、愛人ともキッチリ別れたそうだ。

「会社は兄さんが継ぐんだけど、檀家総代は、ぼくが父さんから引き継ぐことになってる。もちろん、総会で承認される必要はあるんだけど、総代になれたら、寺にいつでもいられるし、あなたを手助けできるね」

晃陽は嬉しそうだった。

手間ばかりかかって役得の少ない檀家総代は、違法献金の抜け道として利用するという理由でもないかぎり、進んで引き受ける者はいない。晃陽がやると言い出したら、皆喜んで賛成《さんせい》するだろう。

皐にとっても、それは喜ばしいニュースだった。

「檀家さんたちはみんな晃陽のことが好きだし、若さと活気が戻ると、大歓迎《だいかんげい》だろうな。いろいろ期待されるかもしれない」

「ぼくの総代就任祝《いわ》いに、斉藤建設から巨額の寄付金が入ることも内々で決まってるんだ。急に寄付額が減ったらおかしいから、五年ぐらいは献金額は元のまま、ってことで、兄さんと話がついてる。まとまった額の寄付金が、しばらくは寺のために丸ごと使えるよ。まずはどこから直そうか。ドアがちゃんと閉じなくなってる冷蔵庫を、新しいのに替える？　水回りもだけど、そっちはぼくが職人さんに聞きながら、やってみてもいいかな」

ちなみに、献金額はこれだけ、と提示されて、皐はギョッとした。

「こんな大金、……寺のために使ってもいいのか？」

「うん。他の檀家さんに不審《ふしん》に思われないように、上手に使わないといけないけど。まずは庫裏と、本堂の雨漏りを直したいな。それから、駅前に狭いけど、檀家さんから寄贈《きぞう》された土地があるよね。あそこは立地がいいから、駐車場にして貸せば定期的な収入が見込めるはず。それと墓地《ぼち》が不足してるから、新たな区画を売り出してもいいかな。現金収入になる上に、檀家数も増えるかも」

「次の檀家総代は、商売人だな」

皐は苦笑する。

例の接待さえ済んだら自分はこの寺の住職を辞め、遠くに修行に行くつもりだった。だが、なかなか話を切り出せずにいる。晃陽が檀家代表になったら、ますますここを動きにくくなるだろう。

──だけど、……どうしよう。

僧侶としてこのまま素知らぬ顔をして勤め続けていいのか、という迷いがある。それでも、晃陽や三重野の姿を見れば、どうしても名残惜《なごりお》しさが募る。せっかく気持ちがつながったというのに、二人と別れて山奥にこもるのも寂《さみ》しい。

──だけど、……全ての未練や煩悩を捨てて、一からやり直さないと私はリセットできない気がするんだ。

そんな思いとの狭間《はざま》で、今までずるずると、何もできずにいたのだ。

「どうしたの？　何か、悩みごと？」

うつむくと、晃陽が皐の正面ににじり寄って、顔を寄せてきた。本堂に誰もいないのを確認してから、キスをしてこようとする。それを素早くかわしてから、皐は思いきって話すことにした。

「悩みごとというか、その……、私はこのままでいいのか、という……」

「え？」

「つまり、……私は煩悩を抑えきれず、おまえや先輩からの気持ちも断ち切れない」

すぐそばに晃陽の身体があるというだけで、じわりと身体の熱が上がるほどだ。耳まで熱くなった気がして、皐はそっと目を伏《ふ》せた。

「どういうこと？」

不思議そうに問い返しながらも、晃陽はますます距離を詰めてくる。膝と膝がくっつくと、身体がぞくっと痺れるのをこらえることができない。

「だから、……こんな生臭坊主《なまぐさぼうず》が、……住職として、……何でもない顔をして、説法《せっぽう》してもいいのかという問題だ」

「生臭？　日本のお寺では、結婚して子供を持つことも認められてるんでしょ？　ここの本山でも、そうだったよね？」

尋ねられて、皐はうなずいた。

先代の住職こそ妻帯《さいたい》しなかったものの、同じ宗派の他の寺は地域の檀家に支えられての自主経営のため、妻帯して兼業などをしなければ維持《いじ》していくのも難しい状況にある。だから今は、僧侶の肉食も妻帯も自由であるとされていた。

「妻を持つのは、……問題ない」

「だったら、ぼくと関係を持っても、……問題ないんじゃないの？　何か違うの？」

真顔で追及されて、ますます皐は困惑する。妻帯が許されるのなら、恋人を持ち、愛し、愛されるのも許されるはずだ。相手が同性だろうが、それは変わらない。理性ではそう判断できるはずなのに、どうしても何かが引っかかる。

「そんなに、樫森を困らせるな、晃陽」

声が聞こえていたのか、そんな言葉とともに三重野が本堂に姿を現した。

ビシッとスーツを着こなしたその姿を目にするだけで、皐の鼓動は跳ね上がってしまう。まだまだ三重野に慣れず、見るたびに緊張《きんちょう》してしまう。好きだと意識しているから、なおさらだ。

「一浩」

「日本の寺では、住職がその地位を子供に継がせることを、檀家たちも期待すると言うからな。だからこそ、嫁《よめ》まで世話される。……だけど、ここの先代はそうではなかった。どうして先代が結婚せずにいたのか、おまえは知ってるか?」

「身体的な問題だと、檀家さんに聞かれたときには答えてましたが、私は信仰《しんこう》ゆえだと、……思っています」

煩悩や執着《しゅうちゃく》を断つために修行し、肉食などの不浄《ふじょう》を遠ざけ、女犯《にょぼん》を禁じる。かつて仏教はそうだったはずだ。養父が結婚せずにいたのは、妻帯が当然のものとなっている現状に対抗しているのだと思っていた。

だからこそ、自分に教えを授《さず》けてくれた養父に背《そむ》くような背徳感《はいとくかん》が拭いきれない。養父が生きていたら、このような生臭生活を送ろうとする皐を厳しくしかりつけるのではないだろうか。

「違うな」

三重野の断定口調に、皐はハッとする。三重野は皐を優しい目で見ていた。

「前の住職には、別の理由があった。……おまえと同じ理由だ。そういえば、……わかるな」

——え……。

驚きのあまり、皐の目が見開かれた。

「まさか、……そんな……」

養父も自分と同じ性癖《せいへき》を隠していたというのだろうか。そんな気配やそぶりなど、一度も感じたことがない。

「そのまさか、だ。前の住職は厳重《げんじゅう》に隠していたが、俺は悩みを打ち明けたとき、直接聞いた」

「え?　そんなの、ぼくは聞いたことないけど」

驚いたように口を挟む晃陽を、三重野はフフンと鼻で笑う。情報量では、三重野のほうが上なのだろう。

「だから、……樫森も悩むことはない。……誰かを好きになるのは、人として当然だ。おまえが幸せな一生を送ることを、前住職も檀家も望んでいる。……怖《おそ》れるな」

そんな言葉をかけられて、皐は胸元を強く押さえた。

養父にそんな事情があったなんて知らなかった。だが、そうと聞けば全てのわだかまりが消える。

このまま、この寺で励んでみようという気持ちになってくる。

――だって私は、まだ十分なご恩返しができてないし。

それに、晃陽と三重野と一緒にいたい。恋をしたばかりなのだ。

そのふわふわとした感触に浮かれて、三重野に顎をつかまれても口づけを拒むことができない。

触れあったそこから、身体が溶けていくようだった。

背後に陣取った晃陽が腰を突き上げてくるたびに、ぐちゅ、ぐちゅっと濡れきった音が皐の下肢から漏れる。

畳に膝をつき、両手を前に突っ張る格好で、皐はそのペニスを受け入れていた。荒々しく息をしながら晃陽が逞《たくま》しく腰を動かしてくるのに合わせて、背筋を甘い痺れが駆け抜けていく。

「んっ……、ぁ、……あ、あ……」

身体をいっぱいにさせるその刺激に意識を奪われていると、見ているだけだった三重野が、皐の前に回りこんできた。取り出したもので唇をなぞる。

「……んっ」

それだけで、何を求められているのかわかった。甘く疼く唇の粘膜にその大きなものをくわえこみたい欲望に勝てずに、皐は口を開く。そこに顔を寄せてにじみ始めた先走りの蜜を舌先で舐め取り、それから先端からくわえこんでいく。唇がやけに疼いていつもより性急な動きしかできなかったのは、背後から突き上げてくる晃陽の身体が、絶え間なく狂おしい刺激を流しこんでくるせいだ。

「ぐ、……ふ……っ」

三重野のものをくわえこむまで待てずに、限界まで大きくなった晃陽の硬い楔《くさび》が引き抜かれ、またすぐに深くまで押し戻される。晃陽のものは三重野のものほど大きすぎなかったが、それでも若々しく硬く張りつめて、ぐっとエラが張っていた。どろどろに溶けた襞の中をそれで掻き混ぜられると、涎が溢れそうなほど感じてしまう。

その張り出した先端で感じるところをえぐられるだけで、晃陽の手で擦り上げられるペニスの先端から、とろとろと蜜が溢れ出した。

乳首に背後から手を伸ばされ、くりくりともてあそばれた。背筋を甘ったるい疼きが駆け抜けるたびに晃陽のものをぎゅっと締めつけ、よりそのエラが引っかかる感じを思い知らされるばかりだ。

感じすぎて目の前がかすみ、何かにすがるように、皐はくわえていた三重野のペニスをより深くまで呑みこんだ。口に含《ふく》んでは突き上げる晃陽の動きに合わせて唇でしごき立てるたびに、三重野の質量が増していく。その全てを口に入れることがかなわなくなる大きさにまで、育っていく。

その大きさのものをくわえるのは苦しかったが、三重野が愛おしむように頭を撫でてくれるから、可能なかぎり深くまでしゃぶりたてた。

頭を動かしていると、口の中に溢れる唾液を飲むタイミングもわからなくなる。その張り出した先端で唾液が口腔《こうこう》から掻き出されて、唇の端《はし》からこぼれ落ちる。

「ふ、……ん、ん……」

晃陽と三重野は、互いに絡《から》み合うことはなかった。皐にだけ興味があるようだ。

だからこそ、皐はいつでも二人がかりで身体を嬲られて、息も絶え絶えになる。三重野のものをしゃぶりたてる皐に嫉妬《しっと》したかのように、晃陽に感じるところに切っ先を擦りつけられ、切なすぎるほどの快感が下肢で渦巻《うずま》いた。

「ぐ、……ん、ん……っ」

激しく突き上げられて身体が前後に動くたびに、含んでいた三重野のものにも唇で刺激を送ることになる。快感はとろりとした濃厚さを増し、晃陽の指でしごかれている先端から溢れる蜜の量も増していく。あと少しで達してしまいそうなのは、ひくつく襞の様子や痙攣する全身から伝わっているはずなのに、ひたすら焦らされていた。より悦楽を掻き立てていたはずの晃陽の手が、いつの間にかその根元を押さえつけて、射精を禁じている。

「あ……っ、イク……イキた……」

「まだだよ。もっと、……ぼくはたっぷり皐さんの中、味わいたい」

「っふ、……ん、ん……っ」

「早く済ませて、さっさと俺に渡せ」

三重野が晃陽に冷ややかに言い放ってから、皐の顎を支え、その口の中でゆっくりと動かし始める。こうされたときのやりかたは、以前に教えこまれていた。喉から力を抜き、口腔を性器として使わせるやりかただ。感じると喉まで開いて、より深い部分までペニスで擦り上げられることすらたまらない悦楽と化す。口の中にも感じるところはあるようで、前後から挟まれて二本の性器でえぐられていると、気持ち良さのあまりどうにかなりそうだった。

「ふ、……ん、ん……っ」

全身を駆け巡る悦楽の逃がしどころがなく、太腿がガクガクと震えて、性器も空イキを繰り返す。好きな気持ちは精神的なものだけで満足しきれず、こうして肉体でも欲してしまう。調教されている最中は手首を常に縛られていたが、そうされていなくても全身が何かに囚われているような感覚はいまだにつきまとっていた。二人がかりでされているせいもあるのかもしれない。これなしではいられないと思うほど、戻れないところまで身体を慣らされた。

――妻帯はしないから。……その代わり、二人だけ……。

晃陽が皐の腰をつかんで、硬く張りつめた若々しいものを突き立てるたびに、身悶えたくなるほどの狂おしい快感が身体中を駆け巡る。背後からの突き上げに合わせて、敏感になった乳首を引っ張られると、そのたびにイっているような感覚すらあった。それほどまでに、目眩《めまい》がするような悦楽に支配されている。

「っぐ、……ふ……ふ……」

悦楽という毒《どく》を身体に宿したまま、自分で煩悩を払うすべを学んでいくしかない。

あと少しでたどり着けそうな絶頂感が生まれ、射精をせがむように襞がからみつく。だが、晃陽はとどめを与えようとせず、皐の身体を背後から抱き上げて膝の上に乗せ、中の締めつけを緩《ゆる》めようとするかのように腰を揺すった。

「すごい。……絞《しぼ》り取られそう」

足を開かされ、何度か揺すられた後で、ズン、と身体の奥まで、自重で一気に貫かれる。

「っぐ、ふ」

続けざまに体重を利用して抜き差しされると、粘膜をその硬い凹凸のあるもので擦りあげられる快感に我を忘れそうになった。感覚のない深みまで食いこんでくる晃陽の根元から、脈動《みゃくどう》が伝わってくるようだった。

激しくなる動きと荒れ狂う快感にまともに息もできなくなって身体をひねると、三重野が大きくなりすぎたそれを口から抜き取った。

代わりに硬く熱くなったものを、皐の乳首にぴたりと押しつけてきた。

「っぁ……」

そのぬるつく先端の先走りを、乳首に塗りこめるように動かされ、その淫らさと刺激にぞわっと震える。そんな恥ずかしいことをされることで、ことさらそこの神経が研《と》ぎ澄《す》まされ、動かされるたびに甘い刺激が全身に響く。自由になった口からは、濡れた声ばかり漏れた。

「っぁ、……あ、……ん、あ、あ……っ」

「イク？　そろそろ、一緒にイこうか」

皐を座らせて下から貫いた晃陽が、耳元で囁いた。晃陽が身体を揺するのに合わせて乳首を三重野のものでぬるぬると嬲られ、一気にふくれあがる快感だけが全てになる。

身体を上に放り投げられ、串刺《くしざ》しにされるのがたまらなかった。

「っう、……ぁ、あ……っ」

「すごい。……気持ちいい、……皐さん」

晃陽の息づかいが荒々しくなり、クライマックスに向けて力が増していく。ペニスはすでに根元を押さえつけられていないようだったが、晃陽とタイミングを合わせたくて、必死になって我慢する。蓄積されるばかりの悦楽が、身体を包みこんだ。

そんな皐たちを見ていて、三重野も我慢できなくなってきたらしい。

「二人とも動くな。このまま、入れてみるから」

「この……まま……？」

不審そうに、晃陽が耳元で声を上げる。

だが、何らかの同意があったのか、晃陽が背後から皐の足に自分の足をからめ、上体を少し仰向けに倒すようにしながら、思いきり足を開かせてくる。

晃陽のものをくわえこんだ自分の中に、三重野が指をくわえこませてくるのを感じて、皐はうめいた。

「う、……っぁ……っ！」

「無理はさせないでよね。皐さんの中、すごく感じて柔らかくなってるけど、無理だとわかったらすぐに抜いて……」

——まさか……。

三重野が何をしようとしているのか薄々《うすうす》察して、皐は震え上がる。だが、晃陽のものをくわえこんだ中に入り込んだ指をぞろりと動かされていると、そこからぞくぞくと広がる刺激はどうにかなりそうなほど気持ちのいいものだった。

「っあ、あ、あ……」

指が二本に増えて、そのギチギチな刺激を制御しきれずに、下腹部が痙攣し始める。蠢く熱く溶けた襞を、指でなおも開かれるのがたまらない。すでにそこには、晃陽のものを深くまでくわえこまされているのだ。

「……っふ……」

もう何も考えられなかった。時間をかけて指でぐちゅぐちゅに嬲られ、なおも開かされた部分に三本目の指が押しこまれてくる。その充溢感にぞくっと全身が粟立《あわだ》ち、頭の中が真っ白になった。

「っう……」

イった瞬間、まだ体内に逞しく存在する晃陽のものを、嫌というほど締めつけた。

「は……」

射精のたびに、晃陽の大きさと三重野の指の存在を受け止めることになる。だが、息を整える間もなく指を抜き取られ、射精の余韻に蠢く襞に、三重野のものの先端を押しつけられる。

そのまま膝をつかまれ、腰が浮くほど胸元に押しつけられた。

「……っぁ」

その体勢に恥ずかしさを覚える間もなく、三重野のものがくぷりと中に突き立てられる。晃陽のもので広げられた部分が、さらに限界まで内側から押し広げられ、長くて大きなものをその根元までくわえこまされていく。

「う……、あ……」

ぞぞぞっとたまらない鳥肌が立った。自分の身体がここまで開くことに驚きと戸惑いを覚えている。

キッすぎて、どうしてもうめくような声が漏れた。力が入らない身体を、晃陽と三重野のもので一杯にされていく。苦しくて浅く息を繰り返していると、なだめるように額に唇を押しつけられた。

「おまえの中、……柔らかいな。このまま力を抜いていろ。全て、……俺に任せろ」

射精の後のこのタイミングでなければ、二本も呑みこむことは困難だろう。

無理せずにゆっくりと呑みこませながら胸元に指を伸ばされ、三重野の先走りの蜜に塗れる乳首を両手で嬲られる。

「……っは……」

イってから間がないだけに、乳首を押しつぶされるだけでも身体がビクビク震えてしまう。乳首に塗りこまれた蜜は体温で乾きかけていたが、小さすぎて指から逃げる突起《とっき》を少しきつめに引っ張られるのがたまらなかった。

指の間でその小さな粒を圧迫され、転がされるだけでも、背筋が震えてしまう。乳首の刺激に合わせて襞が収縮し、その動きに合わせて上手に呑みこまされていく。

「……ッ」

どんどん中をいっぱいにされ、息が浅くしかできない。深くされるにつれてうめき声が漏れ、このつらさがいいのか、ただつらいだけなのかわからないまま、涙が溢れた。

「逃げるな」

自然と身体が逃げようとしていたのか、さらに奥まで打ちこまれる。これほどまでに辛いのに、それでもゾクゾクするような快感があるのが不思議だった。

「ああ、……すごいよ。皐さんの中。ぼくは動かしてないのに、すごくからみついてくる」

晃陽の声が、皐の快感を煽《あお》る。

「つぁ、……つぁ、あ、あ……」

調教されているときは、快感を覚えるたびに身体に裏切られているような気がした。だけど今は羞恥こそあれ、こんなふうにされても愛されている感覚のほうが強い。

かすむ目を開くと、熱に浮かされたような顔をした三重野の顔がすぐそこに見えた。こんな顔を見ることができただけでも、好きになってよかったと思う。自分はまだ、三重野がイクときの顔を一度も見ていないことに気づいて、今日こそちゃんと見ていたいと願った。だが、すでに気持ち良さに意識が飛びかけている。

「……ん……」

「最後まで、……入った……」

その言葉とともに三重野のものを、ぐりっと押しこまれたのがわかる。

動かすことができないぐらい、中をいっぱいにされていたが、そこから伝わる熱がすごかった。何だかよくわからない凹凸が、締めつけるたびに戻ってくる。

感じるところに触れているようで、わずかに身じろぎしただけでも息を吞むほどの悦楽が、そこから全身を駆け抜けた。

「ん、……あっ、……いっぱい……っ」

浮かされたように言うと、三重野が甘く笑った。無理やり動かすことなく、動きは止めたままだ。

だが、皐がイクときの反応は熟知《じゅくち》しているらしく、今がそうであることもわかるらしい。

「このままでイクか？　俺は動かないから、……欲しかったら、……自分で動いてみろ」

「……ん、……ぁ……っ」

そんな言葉がありがたかった。

ほんのわずかに腰をせり上げただけで、中をいっぱいにしているものが擦れて、続けてガクガクと腰が揺れた。

そんな自分の動きを見守りながら、三重野が乳首に吸いついたものだから、もはや何も考えられない。

「あ、あ、あ……っぁ、あ……っ」

ぞわぞわとした快感が背筋を這い上がってくる感覚に息を呑み、感じすぎて太腿が痙攣し始める。身体の奥から、快感が爆発するほどふくらんでいく。

二人に挟まれ、自分から感じるところを擦りつけていく。悦いところをぐりぐりとえぐられ、悦楽の中に全ての感覚が呑みこまれていく。


シャワーを浴びた三重野は、脱衣場の窓から見えた月に誘われて、ふらりと庫裏の外に出た。

九月も終わりに近づき、ようやく残暑も治まりつつある。

髪が濡れたままなのは、この庫裏にはドライヤーがないからだ。皐の髪型を考えれば、無理もな

い。夜気で髪を乾かすつもりで、勝手に下駄《げた》を借りて敷地内をそぞろ歩く。

この寺があるのは高台だから、とても静かだ。さほど夜も更けていない時刻なのに、余計な灯りがないせいもあって、深夜の雰囲気だった。古木の杉林の上を月が照らしているのを眺めていると、心まで洗われていく。杉林の向こうに、遠く街灯りが見えた。

その夜景を三重野がぼんやり眺めていたとき、不意に声をかけられた。

「あれって、……本当なの？」

薄暗いので、足元を確かめながらゆっくりと三重野に近づいてくる。

三重野が庭に出たのを知って、追ってきたのだろうか。

皐がいないことを確認して、三重野は晃陽に向き直った。

「何だ？」

「前住職も、ゲイだったたって」

「まさか」

三重野は破顔《はがん》した。

まさか晃陽までもが、そんなたわいもない嘘に騙されるとは思わなかった。

「え？　でも、だって……」

「皐が悩んでいたからな。前住職は若いころのケガの後遺症《こういしょう》で、身体的に子供は作れなかったと聞いている」

「やっぱ、そうなんだ。それは聞いてた」

晃陽は呆《あき》れたように肩をすくめてから、三重野のすぐ近くで立ち止まった。並んで満月に近い月と街の夜景を眺めているらしい。

「にしても、ぼくは皐さんに嘘は言えないよ？」

対抗するように言ってくる。ずっと年下のくせに、張り合おうとするその気持ちは可愛いだけだ。

三重野はクスリと笑って、言い返した。

「嘘は言えないだと？　あいつを騙したのは、まずはおまえだったくせに」

斉藤社長が並々《なみなみ》ならぬ意欲で、皐を調教して議員を接待させようとしていることを知ったのは、この街の施策《しさく》について忌憚《きたん》なく話し合う、かぎられた人間だけの食事の席でだった。今年度の政治献金の方法や金額を内定させ、さらには病院や介護施設を誘致する方法について相談していた席上で、斉藤が切り出したのだ。

――止められなかった、俺には。

皐のことを何とも思っていない三重野の父も、それにあっさりと同意した。三重野がどれだけ抗《こう》議《ぎ》しても、聞き入れようとしなかった。晃陽はその席にはいなかったのだが、思いあぐねた三重野が相談を持ちかけたのだ。

二人であれこれと話し合ったが、晃陽が躍起《やっき》になっても父親を説得しきれなかったらしい。

――どうしても皐を守りたかった。

学生時代の、可愛い後輩だ。純粋に自分を慕う皐の姿がずっと気になっていた。自分を省《かえり》みることなく必死なところが気になって、何度かその不器用な生き方について、忠告したこともある。

おまえは本当に僧侶になりたいのかと。

尋ねるたびに皐は、澄《す》んだ目をしてうなずいた。

『それで、育てていただいた檀家さんたちに、ご恩返しができるのなら』

そんな皐が痛ましくて、可愛くて、何だか特別で、眠っている隙にその唇を奪ってしまったときの気持ちを、ずっと心の奥底に眠らせていた。

だが、僧侶になると決めた皐に手を出すつもりはなく、心の聖域《せいいき》として遠くから見守るだけのつもりだったのだ。

それを斉藤がめちゃくちゃにした。あんな男が、皐を犯すなんて許せない。そんな義憤《ぎふん》に駆られて晃陽と組んだが、手を出すことなく終わらせるつもりだった。なのに、晃陽が暴走した。もしかしたら、最初からそのつもりだったのかもしれない。

目の前で晃陽と皐が絡み合っているのを見たときから、三重野の計画は台無しになった。ずっと欲しかったものを目の前で他人にかすめ取られてしまったような衝撃に理性を奪われ、それからは晃陽に対抗するためにも、その身体に手を伸ばさずにはいられなかった。

何より皐は美しくて色っぽく、その身体に禁断《きんだん》の悦《よろこ》びを教えこんで俗世《ぞくせ》へと連れ戻したかった。ずっと好きだった相手を喘がせる悦びが強すぎて、引き返すことなど困難だった。

皐の肌はすんなりと腕に馴染《なじ》み、吐き出す息も、敏感に反応する身体も、何もかもが信じられないほどに三重野を魅了《みりょう》した。

学生時代に抱いた淡《あわ》い思いが強烈な恋情に変化するまで、さして時間はかからなかったはずだ。

「おまえが暴走するから、止められなくなった」

ため息をつくように、三重野は言う。あんな計画ではなかった。だが、晃陽は少しも悪びれた顔を見せず、小悪魔《こあくま》じみた笑みを浮かべて三重野の視線を受け止めた。

「後悔はしてないくせに」

「ああ。……最高のものを手に入れたからな」

今さら、それを手放すつもりはない。こんな最高なものに、自分はどうして触れようとしなかったのかと、その臆病《おくびょう》さを笑い飛ばしたいとさえ思っている。

自分たちのせいで皐を苦しめることにもなったが、その見返りとして十分なものを与えるつもりだった。心にも身体にも、その生活も不自由がないように。

「当面は三人でいいが、いつか皐に選ばせる。それまで、油断するなよ」

やや不満なのは皐を独占することができず、晃陽と共有する形になっていることだ。いずれ選ぶ日が来るのかもしれない。そのときに決して自分が脱落《だつらく》することがないように、十分すぎるほど愛情を注ぐつもりだった。

せいぜいその日まで楽しんでおけ、と哀《あわ》れむような視線を向けると、晃陽はせせら笑った。

「それは、こっちのセリフ。どんどんいい男になっていくぼくに、皐さんは身も心も奪われることになるからね」

ぼくのほうが毎日そばにいられるしね、などとこれ見よがしに言ってくる晃陽に、かすかに危機感を覚えた。

だが、負けるつもりはない。

自分が誰より皐を幸せにしてみせる。

「どうだか」

笑って三重野は手を伸ばし、晃陽の髪をくしゃくしゃに掻き混ぜた。

そうしてる間にも皐の顔が見たくなって、三重野は愛する人がいる庫裏へと引き返そうとした。

それに対抗したのか、足を速めて追い抜きざまに晃陽が言った。

「負けないからね」

互いの対抗心が、より皐を幸せにすることを、三重野は心の中で祈《いの》る。

何より自分が、それを実現してみせる。

――あいつ、豆大福の他に何が好きだった……？

晃陽に尋ねたら、「そんなことも知らないの？」という顔で見られそうだ。だから、自分で探るしかない。

自然と笑みが浮かぶ。

皐においしいものも食べさせたい。

その唇に口づけたくて、おのずと三重野の足も速まった。

あとがき

このたびは『乱《みだ》れし花陰《はなかげ》』を手に取っていただいて、ありがとうございました。

このお話で一番書きたかったのは、3Pの真ん中の人……！　真ん中の人です……！

ああああどうなっちゃうの！　大変で忙しい、真ん中の人、真ん中の人……!!!

熱くはぁはぁと真ん中の人について担当さんに語ったら、書いていいですよーってことになったので、真ん中の人のお話になりました！　やった……！

真ん中の人は、お坊さんです。小さいお寺の住職が真ん中の人で、それをサンドするのは、お寺に幼いころから通い詰める年下くんと、真ん中の人の学生時代の先輩で、現都議です。

真ん中の人の中には、攻よりの真ん中の人と、受よりの真ん中の人と、リバよりの真ん中の人と、大きく三種類あると思うのですが、今回は初めてなので、担当さんと相談して受よりの真ん中の人になりました！　つかすごく受な真ん中の人なので、特に抵抗なく読んでいただけると思います。

愛され真ん中の人です。真ん中の人はより愛されていないとね。

というそのお話に、素敵なイラストを描いていただいた奈良千春《ならちはる》様。いつもありがとうございます。今回もむっちゃ素敵なキャラに、萌え萌えになりました！

いろいろご指導ご鞭撻いただいた担当様、なによりこの本を読んでくださった方にも、心からの感謝を。ご意見ご感想など、お気軽にお寄せください。

Lovers Label

乱れし花陰～僧侶散華～

ラヴァーズ文庫をお買い上げいただきありがとうございます。
この作品を読んでのご意見・ご感想をお聞かせください。
あて先は下記の通りです。

〒102－0072
東京都千代田区飯田橋2-7-3
(株)竹書房　ラヴァーズ文庫編集部
バーバラ片桐先生係
奈良千春先生係

2015年11月6日
初版第1刷発行

●著　者
バーバラ片桐　©BARBARA KATAGIRI
●イラスト
奈良千春　©CHIHARU NARA

●発行者　後藤明信
●発行所　株式会社　竹書房
〒102－0072
東京都千代田区飯田橋2-7-3
電話　03(3264)1576(代表)
　　　03(3234)6246(編集部)
●ホームページ
http://bl.takeshobo.co.jp/

●印刷所　中央精版印刷株式会社
●本文デザイン　Creative·Sano·Japan

ISBN 978-4-8019-0512-2　C 0193

ラヴァーズ文庫
Lovers Label
周りは全員ワルメン!?
見初められた
バーテンダーの運命は!?
VIPルーム
~魅惑の五角関係~
著 バーバラ片桐《かたぎり》
画 奈良千春《ならちはる》
平凡なサラリーマンの正人《まさと》は、会社をクビになったうえに、
妻と離婚し、まさに人生最悪の状況にいた。
そんな中、やっと見つけたバーテンダーの仕事だったが、
その高級クラブに通って来る、どこか危険な匂いがする4人の男たちは、
華やかなホステスよりも、何故だか地味な正人を口説いてきて…!!
「皆、正人が可愛いってことに気づいてないから、俺が食っちゃってもいいよな」。
その一言で、バーテンダー争奪戦が始まってしまった!!
極上の野獣たちに囲まれ、絶体絶命!?
密室「VIPルーム」で始まる濃厚シェイクラブ。
好評発売中!!

Lovers Label ラヴァーズ文庫

バーバラ片《かた》桐《ぎり》の本

illustration 奈《な》良《ら》千《ち》春《はる》

好◆評◆発◆売◆中◆!!

「摩《ま》天《てん》楼《ろう》の鳥《とり》籠《かご》」

謎を秘めたその身体を、
余すところなく暴いてみせる。

「愛《あい》憎《ぞう》連《れん》鎖《さ》」

飴《あに》と鞭《おとうと》——…。
「俺たちの言う事を聞くよね？」

「ジェラシーの囁《ささや》き」

先に裏切ったのは、どっちだ。

「嘘《うそ》と弾《だん》丸《がん》～真実と生贄完結編～」

交渉人、お前になら命をやるよ。
お前と真実だけが、
俺を救ってくれる…。

「真《しん》実《じつ》と生《いけ》贄《にえ》」

破壊と防御の心理戦!!
「交渉人、弄ばれる気分はどうだ？」

「愛《あい》讐《しゅう》の虜《とりこ》」

耐えれば耐えるほど
快感は強くなる。お前の
限界を試してみようか——…。

「愛《あい》炎《えん》の檻《おり》」

俺を裏切った罪。
白状しないなら閉じ込めて、
その身体に聞くまでだ…。

全国の書店または電子書籍でお求め下さい